CHARADE BUNKO

Illustration

羽純ハナ

CONTENTS

「これとこれと、あとこれも！」

すでに鎧一式が入った箱を背負っているというのに、手を差し出すように言われて次々に乗せられた荷物に大きな溜息をつく。

オレがこれから向かうのは女神の泉がある神殿だ。

この街には女神ラフィアの祝福を受けた泉がある。女神ラフィアの加護が宿るその水は傷を癒やし、幸運を運び、穢れを祓う。その泉を守るために神殿が造られ、人々が集まり街になった。

三つの国と隣接しながらどの国にも属さないこの街は、神殿を中心とする自治で成り立っている。三国に争いが起きそうなときは話し合いの場として使われることもあり、上手く緩衝地帯としての役割を果たしている。

街に名前はない。女神ラフィアの泉のためにある街に、人が名前をつけるわけにはいかないということが理由らしい。街は泉の街だとかラフィアの街という名称で呼ばれている。

で、今、オレの手にあるものはすべてラフィアの泉で清めるために持っていくもの。魔物の討伐により、穢れが溜まった武具たちだ。

今回の仕事は魔物の討伐だった。魔物自体はそれほど強いものではなかったが、いかんせん数が多かった。次々に現れる昆虫型の魔物を倒していくのは本当に骨が折れた。疲労は溜まるし、穢れも溜まる。こんなに疲れる討伐を請けたのは誰だと喧嘩にもなったくらいだ。

まあ、請けたのはフラウだ。自分で請けて討伐の面倒くささに一番切れていたのもフラウだ。

で、討伐が終わって……オレたちの武具の穢れは、神殿で祓わなければどうしようもないほどに溜まっていた。

女神ラフィアの神殿ならどこにでもある。だが、穢れを祓うには神聖力を込めた水が必要だった。もちろん直接神聖力を使うことで穢れを祓うことはできるが、水に込めることで保存ができるようになる。神聖力は水との相性がいいらしい。

神殿が独占で販売していることもあって、これがいいお値段だ。

価値に対して高いとは言わない。穢れは祓う必要があるし、それができるのは神聖力の高い者だけ。限られた者にしか使えない能力を買いたたくつもりはない。だがやはり痛い出費であることに変わりはない。

それならいっそ女神の泉の街で穢れを祓おうということになったのは、泉の水に穢れを祓う効果があることから神殿で作られるものより費用が安上がりになるからだ。

普通なら依頼を請けつつ旅をするものだが、穢れが溜まった武具では与えられる効果も半分以下。報酬を受け取ったオレたちは、溜まった穢れを祓うために依頼も請けずにこの街に来た。

武具というからには金属製も多く、そうでなくても分厚い革を使っている。

当然、重い。

半端なく重い。

ふざけるなと投げ出してしまいたくなるくらいには重い。

いくら防御力が高くて魔法が付与されている価値ある武具でも自分のものでない以上、持たされた方は実際よりも重く感じるものだ。

オレはクラウス。

職業は冒険者。

冒険者とは、依頼を請けて魔物や獣を討伐したり、危険な場所にある薬草の採取などで金銭を得る職業だ。冒険者になるには……まあ、特別なことはいらない。剣や魔法の腕があれば、そこそこの稼ぎを得ることができる。

冒険者になります、とギルドに登録さえすれば誰でもその日から冒険者だ。十二歳以上という年齢制限はあるものの、それさえクリアできれば問題ない。

で、冒険者はどうやって金を稼ぐかというと、ギルドを通して依頼を請けて達成時に報酬を貰(もら)う。

依頼は、近所のお使いから魔物の討伐まで様々だ。もちろん、報酬も様々。お使いだと、昼飯が買えればいいくらいの報酬で、魔物の討伐となると……最高クラスでは一生遊んで暮らせるだけの金が手に入ることもある。

まあ、そのぐらいの魔物となると滅多に出ないうえに複数人で依頼を請けることになるだろうからひとりあたりの金は減るが、それでも一般人では目にすることのないほどの金額だろう。

命を守れる範囲でないと、ギルドは依頼を請けないし、請けさせない。

冒険者が階級によってわけられるのも、命を守るために考えられた手段だ。

AからEまである階級はそれぞれ請け負うことのできる依頼が決まっている。E級の冒険者がD級の依頼を請けることはできない。逆に上の階級の冒険者はふたつ下の依頼までしか請けられない。

A級になるとランクが落ちない限りはE級の依頼であるお使いは請けられないということだ。E級の請けられる依頼がなくなってしまえば、冒険者になろうと思う者もいなくなる。実力に見合ったところで上手く依頼を振りわけるように考えられたシステムだ。

その中でオレはA級。これはオレがすごいわけじゃない。オレの所属するパーティがその階級だということだ。個別の実績はないので、個人の階級を決めようとすれば、ギルドで審査を受けることになる。

依頼を請けるには個人でもできないことはないのだが、たいていは数人でパーティを組んで請ける。パーティは固定のメンバーで、必要な場合は依頼ごとに人を雇ったりもする。そのあたりは自由だ。

ひとりでやっていくにはA級からE級まである冒険者のクラスで、C級がいいところ。ひとりでやれる可能性があるというだけでオレも捨てたもんじゃないと思うのだが、進んで危険な道を目指したいわけじゃない。

どこかの街や村に常勤するなら便利屋として喜ばれるだろうから、オレの将来はきっと小さい街の警備兵だろうとは思う。

オレはこの冒険者のパーティの中で実力的には一番下。

剣と魔法、体力に神聖力。そのすべてが平均値よりちょっと上とはいえ、どれも突出したものがないオレは、誰かが戦いから離脱したときに便利なスペアではあるのだが……しょせんはスペア。パーティにひとりいれば便利だけれど、いなくてもいい存在として雑に扱われている。

「さすがにこれは……」

「文句あるの？」

腕を組んでこちらを見上げたのは、魔法使いのフラウだ。

くるくるとよく動く大きな紫の瞳と少し癖のある金色の髪。フラウを見ていると、まるで小動物のように思えてくる。キャンキャンとよく吠える子犬だな。

なんでも王都の魔法学校を首席で卒業して、宮廷魔法使いの職を蹴って冒険者になったというが……。

まあ、世間知らずなおぼっちゃんだ。

そもそも、王都の魔法学校なんてものは金とコネがなければ入れない。首席はもちろんすごいことなのだが、その地位は成績だけが優秀な貧乏人には与えられることのない名誉だ。

体格は華奢と言っていい。そもそもそれが間違っている。冒険者となる者は魔法使いであれ、体を鍛えるのが普通だ。少しでも生存の確率を上げるために必要なことなのに、何をどう勘違いしているのか、フラウはそういうのは才能のない者がすることで、自分には魔法があるからいいのだと豪語する。

心配しかない。

戦闘中は実戦経験の少ないフラウにぴったりはりついて、必要な魔法をアドバイスしたり物理攻撃から守ったりしているが、余計なことだと怒鳴られる。本当に割に合わない。

「お前はグイードにお情けでパーティに入れてもらってるんだから、ちょっとくらい役に立つことをしなよ」

ちょっとじゃない。

これだけの量の穢れが溜まった武具を持っていけるオレは雑用係としてみると相当に優秀な部類だ。

魔物の血に触れることで発生する穢れは、少しの量だと水洗いで十分。だが、多くなると近くにいるだけで体調を崩す。おそらく、いつにもましてフラウの機嫌が悪いのもそのせいだ。

平気なオレはすごくないか？

だが、悲しいことに穢れが平気というのは戦闘に役立つわけじゃない。というか、まったく無意味。

こういうときにだけ荷物を押しつけられる不条理があるぶん、オレには不利な能力かもしれない。

「早く行け」

そこに、低い声が響いた。

金色の髪に濃い緑の瞳。すらりとした体軀(たいく)。多くの男が意味もなくムカつくだろう整った外見。これがオレの所属するパーティのリーダーで勇者のグイードだ。

そう、勇者。

剣術と魔法を極めた者に与えられる称号で、今は世界に五人ほどしかいない。グイードはその中でも最年少でその地位を手に入れた天才といっていい。

称号を認められるには専門の能力を持った鑑定者に見てもらう必要がある。鑑定者は神殿に籍を置くことが多い。まあ普通に個人で鑑定をする人もいなくはないが、神殿にいる鑑定者の鑑定でないと正式なものとは認められない。

グイードは正式に認められた勇者だ。

穢れが溜まった武具を持っていくオレに対してひどい言い方をしているが、つき合いの長いオレにはあいつの言いたいことはよくわかる。

穢れに弱いフラウのそばにいつまでもその武具を置いておくわけにはいかないから早く行ってくれ。いつも感謝している、ありがとう。というのがグイードの心の声。それが短くなって「早く行け」だ。最後の方は願望だけど、おおまかには間違っていないはず。

「グイード！」

ぱっとフラウの声が変わる。あきらかにワントーン高くなった声は、グイード専用だ。

「はいはい、行ってくるよ」

グイードの腕に自分のそれを絡めるフラウを見てオレは肩を竦（すく）める。

フラウはグイードが好きだということを隠したりはしない。そのまっすぐさに、グイードも悪い気はしていないらしくてフラウの好きにさせている。

多分、一線は越えていないとは思う。

そういうことがあれば、フラウはすぐにグイードに結婚を迫っているだろう。

そうなったらパーティは解散してしまうかもしれない。

フラウがもし、グイードと確かな関係を築くことができれば、真っ先にオレを追い出そうとするはずだ。ありえないことにフラウはオレを恋のライバルだと思っている。オレはグイードをそういう対象として見たことなんてないのに、ことあるごとに噛(か)みついてくるのはそのせいだ。

パーティは、勇者のグイードと魔法使いのフラウ、戦士のダッタとオレの四人だ。

ダッタはけっこうなおっさん冒険者で、知識も豊富だ。経験の浅いパーティを育てていくのが生きがいらしく、加入したパーティが十分に力をつけたと思ったら離れていく生活をしている。

そして、そろそろ考えている気がするんだよなあ。今はまだ残ってくれているけれど、グイードとフラウがそうなるとそれをきっかけに離れていくかもしれない。

ダッタのおっさんもいなくなったら、ずっといちゃいちゃするふたりを相手にするのも気力がいる。フラウもよく思わないのはわかっているし、オレだって残る理由はないのだ。

神殿へ続く道を歩きながらぼんやり考える。

オレは剣もできる。魔法も使える。神聖力だってちょこっと持ってて、軽い怪我(けが)なら治せる。すべてを持つ者は珍しく、小さいころは神童だともてはやされたが、そのどれもが中途半端だった。

勇者の称号を得たグイードとは違う。

グイードとオレは幼馴染みだ。

グイードに剣や魔法を教えたのはオレだし、グイードが勇者に選ばれる前、村の英雄はオレだった。

称号はなかったけれど、辺鄙な田舎で剣も魔法も神聖力もまともに扱える奴なんていなかったんだ。

誰もがすごいすごいとオレをもてはやし、とんでもなくモテた。十代前半のあのときがオレの人生のピークだったに違いない。

それなのにオレの才能はそこから伸びなかった。

周囲がざわざわし始めたころに勇者グイードの誕生だ。オレの存在は綺麗さっぱり村人の記憶から消えて、なんともせつない思いをした。

それから魔法を習うために学校に行くことになるのだが、オレはグイードのおまけだった。

そのころのグイードといえば、まるで少女みたいな美少年だったんだ。ひとりで行かせるとどんな危険があるかわからないと護衛がわりに一緒の学校に放り込まれた。

フラウが通っていた王都の魔法学校ではないけれど、国では三本の指に入る学校だ。どんな理由であれ、辺鄙な村の出身だったオレが学べたのは幸運だったに違いない。

そこでの生活は……まあ、察してくれ。

オレが好きになる子はたいていがグイードのことを好きで、オレを好きになってくれる子はグイードに紹介したとたん、心変わりした。珍しくもない茶色の髪に青の瞳。グイードのそばではそれがよけいにつまらなく感じてしまうらしい。

そのまま同時に卒業して、なんとなく一緒のパーティを組んだのもよくなかった。オレがこの年齢になっても真剣なおつき合いをしたことがないのは、オレのせいじゃない。グイードのせいだ。

じゃあ、グイードと離れればいいじゃないかと思うだろう。そりゃあそうだ。オレだってそう考えた。けれど、グイードの残念さはオレにしかわからない。圧倒的な社交性のなさに、生活力のなさ。そしてそれを周囲に悟らせない無表情……。幼馴染みとしてはほうっておけなかったんだ。

それから、ふたりじゃ心もとないからとメンバーを増やすことにして。

オレももう二十二歳だ。

冒険者として稼げる時期は短い。無理をすれば三十歳半ばくらいまでは仕事もあるだろうけれど、そこそこ稼いだらすっぱりやめて別の人生を歩むのがいいに決まっている。

まだ数年は大丈夫なんてのんびり構えてたら、ある日突然パーティを追い出されてしまう可能性もあるのだから。

「おお、今から神殿か。よろしくな」

宿を出ようとすると、ちょうど朝の散歩から帰ってきたダッタがオレに手を振った。ダッタもオレを手伝ってくれる気はないようだ。

穢れを持つ武具を大量に抱えているせいか、人々が道を開けてくれて思ったより早く神殿にたどり着いた。穢れは目に見えるわけではないけれど、能力がない人でもなんとなく感じるものらしい。

ここは女神ラフィアを祀(まつ)る神殿だ。

たいていの街に女神ラフィアの神殿はあるが、この街の神殿は泉があることで有名だ。

ラフィアの水は、すべての穢れを落とす。

本来ならば、回復薬を作るときと同じように神聖力を持つ神官が祈りを込めて作るものだが、この神殿にはそれが勝手に溢(あふ)れる泉がある。

俗物なオレは、ラフィアの水が無尽蔵に溢れ出るってどんだけだよと金勘定をしてしまうのだが、オレみたいな奴の手に渡らないように管理しているのが泉の神殿だ。

ちなみにオレの神聖力はラフィアの水を作れるほど強くない。ひょっとしたら、三日ぐらい寝ずに祈ればできるかもしれないが、そんな割に合わないことは試したこともない。まあ、そういう神殿なので他の街で穢れを落とすより随分割安となっている。

「すいませーん」

門をくぐって呼びかけると、すぐに受付から神官が駆けつけてきて……。

「うわあ！」

声を上げた。

泉の神殿の神官から見ても、オレが持ってきた穢れの量は多かったらしい。

「ちょっとこれは……」

丸い眼鏡をかけた赤毛の神官はまだ若い。十五歳くらいだろうか。少し袖の長い白の神官服を纏っていることから、まだ新入りだろうと思われる。長くここにいるのなら、服のサイズを合わせてくれるはずだから。

女神ラフィアの泉の神殿は、参拝者も多く資金は潤沢だ。神官の服でケチったりはしないだろう。

「建物の中を通らない方がいいと思いますので、横から泉へ向かってもらえますか？」

言葉遣いも丁寧だ。丁寧な神官なんてあんまり見たことない。いずれはこの若い神官も世間の波に揉まれて、ぞんざいな態度をとるようになるだろう。それが大人になるということだ。そんな勝手なことを思いながら、オレは、ちらりと奥に見える受付へ視線を送る。本来ならば、受付で順番待ちの登録をして、小一時間待たされる。けれど、この穢れの多さから神殿の中を歩いてほしくないようだ。

そんなにかと思うものの、正式に認められた横入りを断る理由はない。

「わかりました。あっちですね」

にっこり笑うと、向こうも笑顔で手を振ってくれる。

朝からこき使われているオレに女神様がちょっとしたご褒美をくれたのかもしれない。

順番待ちも大変だろう、横入りしていいよだなんて素敵な女神様だ。


白い建物に沿って裏側に移動すると、芝生の広場がある。その中央に岩に囲まれるようにしてキラキラ光る泉が見えた。

泉を挟んで反対側には人が多く見えるから、本来ならばそちらで浄化を受けるのだろう。あっちは採水場として整備されていて屋根もあり、日差しが遮られている。

建物のすぐそばには小道があって、そこを通っていけば採水場まで行けそうだ。だが、どこから取ろうと泉の水に変化はないはずだと、道を逸れて奥へと向かう。

ちょうどいい木陰はなかったが、大きな岩が日差しを遮っている場所を見つけた。向こうの採水場からは死角になっているし、横入りをずるいと言われる心配もない。あわよくば料金を払わないで済むかもしれない。オレは庭へ向かえと指示されただけで採水場へ向かえと言われたわけではないのだ。

「重かった」

持ってきた荷物を降ろして丁寧に地面に並べていく。いくら押しつけられたものとはいえ、命を守ってくれる道具類を雑に扱うつもりはない。たとえ運んでいるオレ自身の扱いが雑だとしてもだ。

穢れを祓うのに特別な儀式はいらない。

そういうことをすれば効果が上がることもあるが、ようはラフィアの水をぶっかけさえすれば大丈夫だ。

案外、知られていなくて大層な祈りが必要だと思っている人が多いが、そんなのは神官をもうけさせるだけである。

本来なら採水場で浄化を行うはずだったので水を汲む桶はない。ないが、飲み水を入れている革袋があるのでこれでいいだろうと中身を捨てる。

一応、跪いて両手を組み、女神ラフィアに祈りをささげた。

ラフィアの水をぶっかければどうにかなるとわかっていても、そういうところをおろそかにしているとなんか悪いことが起きそうだ。まあ、無断でラフィアの水を使おうとしているオレが言うことでもないが。

「今日の女神はご機嫌だな」

改めて泉を見れば、光の反射だけではなく、泉自体も輝いているようだった。深さは膝下くらいに見えるけれど、透明度が高いから実際はもう少し深いかもしれない。

こういうときは浄化の効果も上がる。近くで戦争なんかが起きているときには黒くドロドロに濁ることもあるというから、確かにこの泉には女神の意思が働いているんだろう。

「慈悲を頂戴いたします」

違ったか？　神官たちは『恵みを頂戴いたします』って言ってたかな？

まあ、それほど違いはないだろうと革袋を泉に沈めた。

泉の水はきんと冷えてて美味そ……ああ、違う。これは浄化のための神聖な水だ。病気でもしていない限り、飲んではいけない。

健康な者がより健康を求めて飲むことは欲深い行為とみなされるためか、腹を壊すことが多いらしい。女神様は案外、えげつない。

革袋いっぱいに水を入れて引き上げると、持ってきた武具に振りかける。

一度では足りずに三回ほどかけると、穢れがたっぷり染み込んでいた武具も綺麗に浄化された。

泉がキラキラしていたせいか、武具も輝いているような気がする。

「女神様、絶好調だな」

ついでに革袋に泉の水を入れて持って帰ろう。本来の採水場では神官の目が光ってて、別料金を取られるが、この場所ではそれもない。汲み放題だ。

「もう二、三個あればよかった」

女神の泉の水は長持ちする。これだけ輝いている泉の水なら半年ほどは効果を失わないんじゃないだろうか。

革袋をいっぱいにし、武具を片づけて箱を背負っても採水場の神官がオレに気づいた様子はない。このままさらっと神殿を出れば、料金も取られずに済む。

「今日は肉、食うか」

浄化のために用意していた金が浮く。ちょといい酒も飲めるかもしれない。

鼻歌でも歌いだしたい気分で泉に背を向けたときだった。

真後ろで、派手な水音が響いた。

魚が跳ねたとかではない。もっと大きなものが落ちた音だ。

思わず振り返ったのがよくなかった。

それは、座り込んで腰まで水に浸かった状態でこちらを見ていた。

「……」

オレはすぐに走って逃げるべきだった。

オレにはまったく関係ない。ここでこっそり料金を払わずに浄化を行ったのはよくないが、泉に落ちるなんて馬鹿な真似をしでかした人間とは無関係だ。

そう、そいつは泉に落ちた。

さっきの派手な水音はその音だ。

向こう側にある採水場が騒がしくなり、水音が響いた場所を指さして何か叫んでいる。

泉に落ちるなんて罰当たりな人間はほうっておいて、すぐに逃げるべきだ。

ただ、その意思に反してオレは動けなかった。

闇を切り取ったような黒い髪に、黒い瞳。

水滴を含んでキラキラと輝いているそれから、目が離せなくなった。

まるで、宗教画の中から抜け出た様に整った顔立ちの男。その目も眉も完璧なバランスで並んでいて、現実なのかと疑うほどの美しさだ。グイードも顔が整っていると思っていたが、この男を見た後では比べようがない。

ざばり、と音を立てて男が立ち上がる。

身に着けている服は、裾が長く、布を何枚も重ねたようなデザイン。このあたりではあまり見ないものだが、仕立てのよさはよくわかる。

身長は高いが、細身ではない。鍛えてもいるんだろう。バランスのいい体つきをしている。

「ここは……どこだ……？」

声もいい。低くもなく、高くもなくそれでいて心地いい響きを残していく。思わず目も耳も奪われて、彼が不思議そうにあたりを見回していることに気づくのが遅れた。

「女神ラフィアの聖なる泉だ。まさか知らないで落ちたとか言うなよ？」

できるだけ平静を装って言葉を繋(つな)げる。

「ラフィア……。ああ、そうか」

どこともなく宙を彷徨(さまよ)っていた瞳がふとオレの姿を捉(とら)える。

その瞬間、彼は大きく目を見開いた。

「お前は……！」

お前？

初対面の相手にお前なんて呼ばれると、誰だってかちんとくる。

ザバザバと水を掻(か)きわけてこちらへ歩いてくる男に優しくしてやる気なんてなかった。

「クラウス！」

伸ばされた手を避け損ねたのは、名前を呼ばれたからだ。

こんな美形と会ったことがあるなら忘れない。どうしてオレの名前を知っているんだ、と考えて……気がついたときには、男に抱きしめられていた。

「え？」

男は、泉に落ちた。

つまり、全身濡れている。

その相手に抱きしめられたオレも、当然濡れた。最悪だ。

男の手から逃れようと暴れてみるが……、びくともしない。

「ちょ……っ？」

「クラウス、会いたかった」

すぐ耳元で男が囁いた。それだけで、かくんと膝の力が抜けるくらいの……、甘い囁き。

転ばなかったのは、男がしっかりと支えたからだ。

「離せっ！」

けれど、わけのわからない囁きに転びそうになるほど動揺した自分に腹が立って……。

それを思うと、原因を作った男の支える手にさえ苛々してくる。

どうしてこの男はオレの名前を知っていて、オレを抱きしめている？

不確定なことが多すぎて判断のしようがない。一番わからないと思うのは……。

「クラウス」

男が甘い声でオレの名前を呼ぶことだ。息がかかりそうなほど近くで呼ばれると、体温が上がる気がする。

顔がよくない。

このとんでもなく整っている顔で、そんなふうに囁かれたら誰だって……。

「すっ、すぐに泉から出るんだ！」

そのとき、大きな声が聞こえてハッと我に返った。

声は採水場からこちらへ向かっている神官のもの。泉にこの男が落ちたところは、当然、反対側にいた神官たちも見ていたはずだ。こちらへ向かってくる一団の中には神殿の警備兵の姿もある。

簡単に言えば、早く逃げなきゃヤバい。

その瞬間に、美しい男のことは頭の中から追い出した。

「まっ、待てっ！」

この状況で待つ奴などいない。

採水場からは、落ちた男の姿しか見えてないはず。抱きしめられていたオレまではは っきり見えていないだろう。

こういうときのために、オレの魔法はある。ちょっとしたことしかできないが、そのちょっとしたことの中に身体強化という逃げるために格好のものがあるのだ。

とんっ、と男の肩を押す。

強化をかけた体だ。ほんの少しの力で男の手が緩んだ。

男の手から抜け出したオレは、一瞬だけ考える。

男に何か言うべきか。けれどかける言葉は思い浮かばずに、もう一度男を強く押す。

手が完全に離れて……、オレはくるりと背を向けた。

「待ってくれ！」

悲痛な声は、男の近くにたどり着いた神官や、警備兵が騒ぎだした声に掻き消される。

振り返ってはだめだ。躊躇すれば、オレも仲間だと思われる。

オレはもう一度身体強化をかけなおして、神殿の塀を飛び越えた。


宿に戻ると、オレ以外の三人は昼飯を食べていた。

もう一度言う。

穢れた重たい武具を持って神殿に行っていたオレを待つことなく、フラウとグイード、ダッタの三人は昼飯を食べていた。

宿は一階が食堂、二階と三階が宿となっているよくある作りのものだ。客が出入りできる入口はひとつしかなく、必然的に食堂の前を通る。区切られてなんかいないので、食堂に誰がいるかはひとめでわかる。

「おう、早かったな。もう少し遅いかと思って先に食べてたぞ」

そう声をかけてくるダッタは自慢の髭（ひげ）に麦酒の泡をつけている。顔の半分を覆うこげ茶の髭は、どこまでが髪でどこからが髭なのかわかりにくいくらいだ。

　グイードがちらりとこちらに視線を寄越して目を伏せたのは『ありがとう』の意思表示だ。つき合いが長いのでわかるが、そうでない場合は無視したと思われかねない態度だ。いいかげん、あいつもそろそろ社交性を身につけるべきだろう。

　フラウは完全無視。かえって清々（すがすが）しい気もしなくもないが、お疲れさまくらいは言ってほしい。

「……先に荷物を置いてくる。昼飯、適当に頼んでおいてくれ」

「おう、悪いな！」

　ダッタも食事の手を止めてまでは手伝おうとしない。手伝います！　と、おっさんのダッタが駆けつけてきても気持ち悪いので断るだろうが。

　ガシャガシャと音を立てながら、重い武具を部屋に運んで下りてくると三人はすでに昼飯を食べ終えた後だった。濡れた服を着替えていたせいで、思ったよりも時間がかかってしまった。

　無言でグイードが立ち上がる。

　宿がやっているこの食堂は安くて量も多く、美味い。昼時には込み合うので席を譲ってくれたようだ。決してオレと同席したくないから席を立ったわけではない……はず。

「グイード、後で女神の泉を見に行かない？　今日はすごく綺麗に輝いてるんだって」

　ぴくり、と顔が引きつった。あれだけ重い荷物をオレひとりに持っていかせておいて、自分は観光で行くと言う。

だが、フラウは穢れに弱い。本人はあまり自覚がないようだが、表情を見ていればよくわかる。今、グイードを誘ったのも穢れが溜まった武具が近くになくなって気分がよくなったからだ。大人なオレは寛容だから許してやろう。

「フラウ。ちょっとは感謝したらどうだ？」

けれどオレの表情を見逃さなかったダッタが軽い注意をしてくれる。

「何を？　戦いのときはこっちが頑張ってるんだから！　こういうときくらい、少しは役立ってくれないと困るでしょう」

ふいっと横を向いたフラウは、ちょっとだけ視線を泳がせた。ほんのちょっとだけれど、悪いと思う気持ちがあるらしい。

フラウの魔力は並外れている。使い方が大雑把でも敵を倒せるのは、そのせいだ。首席で卒業しただけのことはあるが……。もう少し、要領よく振る舞えるようにならなければ、これから先苦労するだろう。

ダッタはまだ何か言ってくれようとしたが、先にグイードが席を離れたことでフラウもついていってしまった。離れるときにグイードがまた少し目を伏せたのは『すまない』の意思表示だろう。あのふたりは纏めて社交性を勉強するべきだ。

「あれでいいのか？」

「いいよ。別に」

フラウは魔力を、オレは知識と経験を。フラウは認めないだろうが、このパーティの中で戦力的には上手くいっている。

困るのはオレとグイードの仲を勘違いして突っかかってくることぐらいだが、フラウとは五つも年が離れている。故郷に残してきた小さい弟を思い出して微笑ましいくらいだ。

「お前は優しいのか優しくないのか」

あのままではフラウはいずれ困る。それがわかっていて放置していることを言っているのだろう。

そういう意味ではフラウの態度に苦言を呈するダッタの方がよほど親切だ。

「はい、お待たせ」

食堂の従業員がどんっと雑にプレートをテーブルに置いた。

ここの昼飯は四角の木のプレートにパンがふたつに野菜と主菜が盛られている。今日はよくわからない、おそらく鳥だろうと思われる肉の煮込みだ。美味ければどんな素材だって文句はない。パンはいつも少し硬め。焼きたてではないが、味は悪くない。食欲をそそる匂いにすぐに手を伸ばした。

「しかし、そんなに今日は泉が綺麗なのか？　さっきからここでもその話題で持ち切りなんだが」

「ああ。けっこうキラキラしてた」

この街に来たのは初めてじゃない。冒険者なんてやっていれば、年に一回は訪れるような場所だ。当然、女神の泉にも何度も足を運んだことがある。綺麗な泉にも遭遇したが、今日ほど輝いているのは見たことがなかった。

「あれだけ女神の機嫌がいいのも滅多にないんじゃないか」

煮込んだ肉はパンとよく合う。ほぐした肉を野菜と一緒に挟んで口に入れると、いくらでも食べられそうだ。

「そうか。クラウスが言うならよっぽどだな」

「オレが言うなら？」

「だってお前、少々の変化じゃ気づかないだろう」

確かに。だが、気づかないわけでもない。気にしないだけだ。

あっという間にパンがひとつなくなってしまう。もうひとつも挟んで食べるか、それとも煮込みの汁だけを吸わせて食べるか……。考えているつもりだったのに、気がついたら具を挟むためにパンを割っていた。オレの頭は挟んで食べると美味いと判断したらしい。

「だけど、おかしな男のせいでもう輝きはなくなったかもしれない」

「おかしな男？」

「ああ。泉に落っこちた男がいた」

プレートに残っていたものをパンに挟んでいく。入り切らなかった野菜を先に口に入れて出来上がったものにかぶりついた。

「あー……、そりゃあ、まあ。なんというか。女神がお怒りにならないといいが」

稀(まれ)に見る輝きを放つ泉に、おそらく神殿の関係者は浮かれていただろう。オレが革袋に水を入れたように、今日の泉の水は慎重に採取されていたはずだ。

それを泉に落ちるという暴挙で中断させた男。

あの行為で泉の輝きが通常に戻れば……、輝く水で得られるはずだった利益が吹っ飛ぶ。きっと男はその責めを負うだろう。なんだかんだ言っても、神殿だって金がなければ運営はできないのだから。

早く逃げてよかった、と口をもぐもぐさせながらそう思った。

あのとき、わき目もふらずに逃げていなければ、こんなにおいしい昼飯にはありつけていなかったはず。

「しかし、泉に落ちるなんて、どんな間抜けな男なんだ?」

「間抜け……」

その間抜けな男の顔ははっきりと覚えている。

「まあ、グイードより男前だった」

「は?　そんな奴、いるのかよ」

ダッタがそう思うのも無理はない。グイードは死んでしまえと思うくらい、顔が整っている。女を落とすのに手練手管は必要ない。ちらりと視線を送るだけで十分だ。

泉に落ちた男はそれを超える美形。あの男なら全力疾走で逃げたって追っかけてくる者もいるだろう。

「……それ、どんな男だ」

食べ終えて、ふうと大きく息を吐いた。

「ん？　黒い髪で、黒い瞳」

大きな特徴は整った顔だが、認識するためには色を伝えた方が早い。

「身長も高くて、目が離せなくなるほどの美形」

「そうそう」

その後に続くはずだった描写をダッタが口にして、オレは相槌を打つ。

「黒い神官服を着ているな」

「いや、裾の長い変わった服を着ていたけど神官服ではなかっ……」

そこまで言って、ダッタの顔が入口に向けられていることに気がついた。

嫌な予感を覚えながらその視線をたどっていって、オレは目を見開く。

パンを全部食べ終えていてよかった。そうでなければ、噴き出していたかもしれない。

「あ、あいつは……っ！」

「クラウス！」

男が満面の笑みを浮かべて、そこに立っていた。

あれは泉に落ちた男。

あれほどの美形を見間違うはずはない。あまりの顔面の破壊力に、食堂にいる全員がぽかんと口を開けて見ている。

ああ、オレも女神の泉で男を見たときはあんな顔だったんだろうとぼんやり思った。悔しいが見惚(みと)れて動けなかったのは事実だ。

「クラウス！　私を置いていくなんてひどいじゃないか！」

早足でこちらに向かってくる男に……ただ呆然(ぼうぜん)とする。

まるで旧友に再会したかのような言い方だが、オレはあの男を知らない。厳密に言えば泉に落ちた男ということだけは知ってるが、それだけの相手だ。

「クラウス！」

近くで声が聞こえてハッとする。

そうしてオレは自分の失敗を知った。男が名前を呼んだ時点で、厄介事を察知して逃げなきゃいけなかったのに……。

「クラウス、会いたかった」

満面の笑みで腕を広げている男。あの恐ろしいくらい整った顔に笑みが浮かぶと、時間が止まったように周囲が静まり返る。

まさかあのときみたいに抱きしめようとしているわけではないよな？

そんなはずはない。そう思うけれど、それ以外に考えられなくて椅子から立ち上がってその後ろに回った。

「何故だ」

椅子に阻まれて近づけなくなった男が叫ぶ。だが、オレだって何故だと言いたい。

「お前は誰だ。どうしてオレの名前を知っている？」

「私はガルーアだ！」

ものすごく偉そうに名前を告げた男は得意げだ。

ガルーア。それは女神ラフィアの兄神の名前だ。

女神ラフィアが癒やしや愛の女神と言われる一方で、ガルーアは戦いの神。争いが絶えなかった時代には一番の力を持つ神であったが、今、世界は三国が長らく平和を築いており、戦いの神のガルーアは……ぶっちゃけあまり人気がない。

神殿もそう多くはなく、兄妹神である女神ラフィアの神殿に一緒に祀られていることも珍しくない。

その人気のない神様の名前をあえてつける親も少ない。女神ラフィアと同じ名前を持つ女性はたくさんいるが、ガルーアの名前は初めて聞いた。

「ガルーア、さん？」

一応、いいところのおぼっちゃんだろうから、呼び捨てはやめておく。身分を隠しているからガルーア様とまでは言う必要はないだろう。

「なんだい？　私のクラウス」

私のクラウス？

その言葉に眉をひそめる。

こういう言葉を聞いたことはある。グイードのことを、私の勇者様とか私の愛しいグイード様と呼ぶ場合だ。どちらも自分で作り上げた偶像に妄想を重ねて迷惑極まりない行動をとる相手が多い。

「オレは貴方（あなた）を知らないっ。こんなふうに親しげに名前を呼ばれる間柄でもないっ！」

失（う）せろ、と続けるのだけはなんとか踏みとどまった。

けれどオレの想像どおり、この男が貴族のおぼっちゃんなら、オレの言った言葉だけでも不機嫌になるかもしれない。

そう思ったのに……、笑顔のまま見つめられて調子が狂う。

「クラウス……。ああ、本物だ」

伸ばされた手を思わず払いのけてしまう。パシン、と響いた音に……けれどガルーアは気にした様子もなく跪いた。

跪いた？

「クラウス、お前と会えたこの日をなんと名づけたらいいか……」

女神の泉のように輝いている瞳で、オレを見つめている。動けないのは、この事態が飲み込めないためだ。

「クラウスに会えた記念日でいいんじゃね？」

ダッタが横で無責任極まりない言葉を呟く。それに大仰に頷いてみせる男は、おかしい。

「そうだな。今日、この日をクラウスに会えた記念日と名づけよう」

その瞬間、空気がキラキラ輝いた気がした。いや、きっと気のせいだ。何度か瞬きしている間にキラキラが消え……消え……消えない？

オレがおかしいのか、と目をゴシゴシ擦ってみるがダッタも同じようなことをしているし、ガルーアの後ろにいる丸眼鏡の神官は恍惚とした表情を浮かべて祈り始めてしまう。

丸眼鏡の神官？

オレはガルーアの後ろにいる神官を見つめた。この神官には、今日会った。女神ラフィアの神殿に行ったとき、オレに建物の横を行くように指示した神官だ。

あのときは白い神官服を着ていたと思ったが、今はガルーアと同じ黒い神官服を着ている。サイズがぴったりだから、こちらの服が本当のものなのかもしれない。

「ああ。この者は私の神殿の神官だ。色々と世話になっている」

「私の、神殿……？」

「だから私はガルーアだと名乗っただろう？」

大きく胸を張る男に、呆れて言葉が出ない。

「戦いの神ガルーア？」

震える手でガルーアを指さした。ガルーアの存在が畏れ多いというよりは、壮大な嘘に震えてる。

「ああ。そうだ」

はっきりと答えるガルーアはすごい。神の罰とやらを微塵も信じないタイプだろうか？

「神様は穢れた地上に馴染まずにすぐに天界へ戻るんじゃないのか？」

小さいころ、そんな話を聞いたことがある。だから神々は天界で人間を見守っているのだと。

「ほう。よく知っているな。だが、今回は運がよかったのだ。ラフィアの泉に落ちたために地上に耐える体を造ることができた」

よくまあ、そんな嘘がすらすらと口をついて出るものだ。

「おかげでこうしてクラウスに会うことができた」

空気のキラキラが一層増して、思わず目を細める。もう気のせいなんて言えるレベルじゃない。

「私の喜びに妖精たちが反応してしまったようだ」

寒い。

さっきからガルーアの言うことが寒すぎる。

このキラキラが何かはわからないが、妖精でないことは確かだろう。妖精は人を嫌って森の奥深くに住む。妖精が現れたという話がまったくないわけではないが、それは旅の途中の人里離れた場所でだとかそういう逸話が残されているような村や町だけだ。

ガルーアが魔法か何かを使って起こした現象を無理矢理妖精と結びつけたと思う方が簡単に納得できる。そしてそのうえでの発言となれば……普通に引くレベルだ。

「クラウス、私はお前に会いたくてここまで来た。愛している。どうかこの愛を受け取ってほしい」

普通にではなかった。全力で引くレベルだった。

大変だった。

突然の愛の告白にダッタは大笑いするし、周囲の女性たちからは悲鳴が上がった。

当の本人は平然としているが、キラキラは減らないどころか輝きを増すばかり。

帰れと叫んだオレを責めることのできる奴などいないはずだ。

帰りたくないと全身で拒否していたガルーアだったが、好きな相手に迷惑をかけると嫌われるぞとダッタに言われて泣きそうな目で帰っていった。もうそのまま二度と現れないといいのに。

「どうだ。あんな美形に告白された気分は？」

「変態にケツ触られた気分だよ」

一方的に迷惑を押しつけられる気持ちがよくわかる。

「妖精たちの祝福も台無しだな」

肩を揺らして笑うダッタを殴ってやりたい気分になる。

あのとき、どうして空気がキラキラしたかは不明だが、あのガルーアという男が魔法で何か目くらまし的なものを行ったに違いない。

それを妖精の祝福だなんて……。十歳の少女でも騙されないくらいのお粗末さだ。

「しかし、けっこう力のある魔法使いだよな。呪文も唱えずに幻影を使うだなんて」

目くらまし的なもの、と言ってもそう簡単にできるわけではない。最初から準備してあったにしても、それを発動させるには呪文や道具が必要なはずなのにそれもなかった。

「神官服だったが、動作も洗練されているし、泉に落ちてもお咎めなし。所作から見ても、どこかの力のある貴族か」

まあ、そのダッタの見立てに間違いはないだろう。あの傲慢さは人を従えることに慣れている者のそれだ。

その貴族様がどうしてあんな奇行をしているのかは謎だが。

「さあ、行くか」

ダッタに促されて、ふたりで宿の二階へ向かう。今からオレたちが行うことは荷造りだ。ダッタもオレもあんなにあきらかな厄介事を目の前にして、のんびりできるような人間ではない。グイードとフラウを置いていくことにはなるが、オレたちがいないことに気づけばフラウが魔法で連絡をとってくるだろう。そのときに落ち合う場所を決めればいい。何かあったのだと気づけないほど鈍くはないはずだ。

部屋はふたり部屋。オレとフラウ、グイードとダッタの組み合わせだったので荷造り前に預かっていた武具をグイードとダッタの部屋に運んだ。グイードとフラウが同じ部屋でないのはグイードが嫌がったからで、オレがグイードと同じ部屋でないのはフラウが嫌がったからだ。オレとダッタは部屋割りに関してどうでもいい派だ。

荷物はそれほど多くない。

大きな仕事が終わったばかりで、長い旅に出る予定もなかった。武具の穢れを祓った後は手入れに出して、のんびりしようと話していたくらいだ。

手早く準備を済ませて部屋を出ると、ちょうどダッタも同じように部屋を出てきたところだった。お互い、ひとつ頷いただけで階下へ下りていく。宿代は前払いなので、特に何かすることもない。

「次はどこへ向かう？　海の方へ向かって美味いものでも食うか？」

「いいね。ザルラの港街ならここからそう遠くないし」

そんな会話をしながら城門へ向かって歩いていく。

この街は大きな城壁でぐるりと囲まれている。

女神ラフィアの泉がある街だ。昔はその利権を巡って争いもあり、城壁はそのときの名残だ。平和を勝ち取るには犠牲もあっただろうが、今のこの街のにぎわいを見ていると、そんな過去は想像もできない。

街の人間に言わせれば、女神の祝福は泉だけでなく街全体にあるらしい。

だからこそこの街に幸運は降り注ぐのだと。


泉の街の城門には、大きな女神の像がある。

城壁の高さと同じほどの大きさがある女神は、街を訪れる者を穏やかに見下ろしている。

はるか上にある女神の青い瞳は本物の宝石らしいが、こんな下から見上げても、そこは空洞のように黒く見えるだけだ。

「誰か確かめたのか？」

「何が？」

オレが見上げている先をダッタも一緒に見上げる。

「女神の瞳。宝石があるって」

「ああ。デマだと思うぜ。そんなものがあったら、とっくの昔に誰かが盗んでるさ」

こうしてオレたちがのんびりしているのは、城門が混んでいるせいだ。

街は入る人間に対して厳しい検査をすることはあるが、出ていく人間に無関心なことが多い。それなのに街を出るのにいちいち聴き取りがされているらしい。

大きな犯罪があったとか、罪人が逃げたというような噂は聞いていない。

今、街で一番の話題はいつもより輝く女神の泉だ。警備が強化されるような話題じゃない。

昨日、街に着いたときはこんな検問はなかった。

ついでに言えば、街を出ていく人間は朝一番が多いから、その時間から行われていれば ここまで混雑するはずがない。つまり、この聴き取りは今日……しかも、ほんの数時間前から行われているということだ。

「嫌な予感がするな」

「そういうことは口に出したら負けだ」

ダッタが苦笑いしている。きっとダッタも嫌な予感を覚えているに違いない。

「クラウス、ダッタ。街を出ることは許可できない」

冒険者としての身分証を出したところで、渋い顔をされた。

「何故だ？　俺たちは昨日来たばかりで特に街で騒ぎを起こしたわけでもない」

中年の警備兵は首を大きく横に振る。

「ダメなんだよ。神殿からクラウスという人間を外へ出すなと厳命が下っている。ダッタだけならば、出てもいい」

警備兵は勘弁してくれとでもいうように眉を下げた。こういうとき、この街が自治なんだなあと思う。融通の利かないガチガチの兵士はいない。

「お前たちが諦めてくれれば、この規制は解かれる」

そんな内部事情まであっさりと口にして、オレたちに出るのは諦めてくれと頭を下げてくる。そんなことをされれば、強硬手段にも出にくい。

神殿から厳命、というからにはきっとガルーアと名乗ったあの男が絡んでいるんだろう。

この街で神殿を味方につけるとは、一体どういう立場の人間なのか。

ああ、そうか。ガルーアは神だと名乗っていたな。神様なら仕方ない……。神様なわけはないけれど、そう言っても受け入れられるくらいのものを持っている人物。

「ダッタ、どうする？」

ダッタだけなら街の外へ出ることはできる。オレの問いにダッタは肩を竦めて首を横に振った。

「お前が一緒に出られないんなら、一度戻ってグイードたちと相談するよ」

ひとり旅も難しいわけではないが、意味はない。命を狙われるような類の厄介事でないだけマシだと思わなければ。

「じゃあ、いったん宿に戻るか……」

外壁を乗り越えるという手段もないわけではないが、そうなった場合、脱走したという記録が残ってしまう。

女神の泉がある街。

冒険者も多く、自然に依頼も集まる街。

国家権力の干渉を受けにくく、自由な街。

この街に生涯にわたって入れなくなるのは厳しい。なんなら引退後はここで暮らしたいくらいだ。

「しかし、あちらさんの目的は何かね？」

無駄足を踏んだ。旅の荷物を背負ったまま、来た道を再び歩く。無駄な荷物だと思った瞬間から重く感じるのは不思議だ。

「さあなあ。オレに告白なんて、何かの罰ゲームじゃないかと思うが……」

特に顔がいいわけでもない。悪くはないとも思うが、グイードの隣にいる以上、常におまけ扱いだ。
能力もそこそこ。これも悪くはないと思うが、グイードの隣にいる以上……だ。
相手がオレに何かを求める理由がわからない。
「まあ、お貴族様の考えなんてわかるわけもないがな」
ダッタの言うとおりだ。
金も権力もあって、好き放題している奴らの悩みなんてわかるはずがない。

宿に戻ると、ちょうどグイードとフラウも戻ってきていた。どうやらふたりで女神の泉に行っていたようだ。フラウがお揃(そろ)いの小さな鈴のお守りをこれみよがしに見せつけてくる。
「鈴はやめとけ。余計な音が鳴ると討伐のときに困るだろう？」
「何？　グイードと僕の仲に嫉妬してるの？」
いやいや、だから鈴はよくないって。そんなことはグイードも知っているはずなのに
……と思って視線を送るとお揃いの鈴を少しにやけた顔で眺めていた。オレにしかわから
ないくらいの表情の変化でフラウは気づいていない。
うん。わかった。もう何も言わない。討伐のときに音が鳴らないようにしていてくれれ

ばいい。

今の時間は食堂も空いていて、自由に座っても怒られない。とはいえ、余計な労力を使って疲れたオレは麦酒を頼んだ。ついでにダッタのぶんも頼んでおく。

「こんな時間から飲むつもり？」

「疲れてるんだよ」

それくらいの背徳感がないとやってられない。

「はいよ、麦酒。つまみはおまけね」

女将が持ってきてくれたつまみは、緑色の豆をゆでて塩を振ったものだ。麦酒によく合う。

「ありがとう。これで元気が出るよ」

「そうしておくれ。こっちは戻ってきてくれて感謝してるからね」

ばん、と背中を叩かれてなんとなく難しいことは吹っ飛んだ気がする。麦酒の杯をダッタと合わせて乾杯すると、一気に喉に流し込んだ。

「それで、そんな大荷物でどこに行ってたの？」

フラウの問いに、吹っ飛んでいたものが色々と戻ってきた。台無しだ。

「ちょっと面倒な奴に絡まれて、街を出ようかと思ったんだよ」

「え？　ここで半月くらいのんびりしようって言ってたよね？　武具を手入れに出すかっ

て話もしてたじゃん」

確かにそういうつもりでこの街に来た。

穢れを祓った後は、久しぶりにゆっくり過ごして、疲れを癒やすのもいいかもと。けれど事情が変わって……。

説明をしようとしたオレは、その説明の難しさにぎゅっと眉を寄せる。

オレが、とんでもない美形の貴族に惚(ほ)れられ、街を出ないように手を回されたなんて言っても真実味がない。フラウやグイードくらい顔が整ってるならまだしも、だ。

「安心しろ。街は出られなかった」

「街を出られないって何？　ちゃんと説明してよ」

「説明も何もそのままだ」

面倒くさくなってまた麦酒を流し込む。あっという間に空になったので、追加を頼んでおいた。

「こいつ、ものすごい美形のお貴族様に愛を囁かれて逃げようとしたんだ」

ダッタが笑いながらオレを指さす。

「え？　クラウスが？」

フラウが目を丸くした。グイードも心なしか驚いているような気がする。

「けれど先に街を出られないように手を回されていた。そこまでするなんてなかなかだと思わないか？」

「……」

麦酒のおかわりが早く来てほしい。オレは空になった杯を見つめる。少しだけ底に麦酒が残ってるように見えるけれど……気のせいだった。杯を傾けても何もこぼれてこない。

「どんな人？　すごい気になるんだけど！」

フラウが身を乗り出してきて、ダッタが面白おかしく今日の出来事を語っていく。多少、誇張されて……いや、誇張してないな。跪かれたのも、オレたちの周りがキラキラしていたのも事実だ。

「えー……、じゃあこの後、どうするの？」

「どうしようもねえだろ。街を出ないように命令できるくらいなんだから、宿変えたって仕方ねえ。まあ、命を狙われているわけじゃねえんだ。予定どおり、ここで休暇だと思えばいい」

まあ、できることと言えばそれしかない。

「こっちに迷惑かけないでよね？」

「オレが知るかよ」

ちょうど二杯目の麦酒が運ばれてきたので、これも勢いよく喉に流し込む。横目にフラウが豆を食べ始めたのが見えて眉を寄せた。

「オレの豆！」

「いいじゃん。どうせおまけに貰ったんだし」

おまけだろうとオレの豆だ。

「ちょっと、クラウス。そんなに酒に強くないのに、一気に飲みすぎじゃない？」

「フラウ……。お前がそんなことを言うなんて」

「酔っぱらいが嫌いなだけだよ！　昼間から酔う奴なんて四倍増しで嫌いだね！」

心配してるのか、オレを嫌いだと言っているのかよくわからない。きっと後者だろうと思って麦酒のおかわりを追加した。

ダッタがオレを指さして笑っている。

グイードは……まだ鈴を見てにやついている。

もうどうでもよくなって三杯目の麦酒も一気に飲み干した。

一体誰だろう。

さして酒に強くもないのに、昼間から麦酒を何杯も一気飲みした馬鹿は。

ああ、オレだ。オレが悪い。頭痛も吐き気も全部自業自得だ。

翌朝の目覚めは最悪で、オレは昼過ぎにようやく寝台から出ることができた。

あまりの調子の悪さに、汲んでいた女神の泉の水をちょっとだけ飲んだんだ。二日酔いに女神の泉の水を飲むなんてこの街でしかできない贅沢だと思う。

おかげであれだけ気持ち悪かったのがすっきり治った。輝く泉の水の効果は絶大だ。猛毒を飲んでも、この泉の水なら大丈夫かもしれない。

「……もったいなかった」

二日酔いに使ってしまったことにひどい罪悪感を覚える。まあ、飲んでしまったものは仕方ない。でもまだ水筒にはたっぷりある。残りは大事に使おう。

体の調子が戻ると、腹が減るもので……オレは一階の食堂へ下りた。

ダッタはいない。グイードもいないので、フラウもいない。

ひとりで食堂のテーブルに着くと、女将が緑色のドロドロした飲み物を運んできた。

「はい、特製ドリンク。二日酔いはこれで一発だよ！」

もう治ってるとは言えずに、素直に受け取る。ちょっと嫌な臭いがするけれど、体にはいいはずと言い聞かせて一気に飲み干した。

「食事は簡単なものにしておくかい？」

なんとも言えない後味が口いっぱいに広がって……、オレは頷くだけで精いっぱいだ。

女将の特製ドリンクは女神の水と一緒で健康な者が飲むとよくないのかもしれない。

しばらくすると、女将はスープとパンを持ってきてくれた。澄んだスープは、口に残るおかしな後味を洗い流してくれるみたいだ。

パンを三個とスープを二杯飲んだところで腹も落ち着いてきた。

そのころ、ちょうどダッタが外から帰ってきた。

「おお、クラウス。いたか！」

「ちょっと来いよ。表に昨日の……」

そこまで聞いて、オレは大きく首を横に振る。行かなきゃいけないわけじゃないはず。

「いや、早く行った方がいい。面白いから」

オレはもう一度首を横に振った。ダッタが面白いと言うなんて、きっとロクなことじゃない。

「ほら。ここにまた来られても困るだろう。表なら逃げ場もあるから」

確かに……。ここに来られれば入口はひとつだけだ。ダッタがこれほど言うのだから、きっと表にはけっこうな事態が待ち受けているに違いないけれど、逃げ場があるのはいいかもしれない。無理そうなら最初から逃げればいいのだし。

そう考えて、渋々腰を上げたことを……オレはすぐに後悔した。

人垣ができている。

この宿は大通りから一本入った場所にあるが、その大通りの方面にけっこうな人数が集まっているのが見えた。

大道芸でもやっているのだろうか。どちらにしろ、面倒だ。やっぱり宿に戻るかと思ったが、ダッタに連れられて歩いた。

近づくと、その人垣の向こうに馬に乗っている人物が見えた。

馬……。しかも、白馬だ。

白馬は珍しくて、縁起がいいものとされている。高値で取引されるし、最終的に王侯貴族の持ち物になるか神殿に寄贈される。市井で目にすることは滅多にないものだ。

その白馬に跨(また)がるのは、漆黒の長い髪の男……ガルーアだ。

その姿はまるで物語の中の絵のようだ。これが宿屋のすぐ近くで、多くの人に囲まれていなければ見入っていたかもしれない。

「……」

オレは無言でくるりと向きを変えた。

関わらない方がいいに決まっている。あそこまで注目を集めている人間に話しかける勇気も、話しかけられる勇気もない。

「クラウス！」

それなのに、よくとおる声がオレの名前を呼んだ。

走るような勢いでその場から去ろうとしたが、馬の蹄(ひづめ)の音がどんどん近づいてくる。いくら走ったからといって、馬に敵(かな)うわけはない。

「クラウス！　待ってくれ！」

「嫌だ！」

すぐに答えたのに、ガルーアは人の話を聞いていない。白馬に乗ったまま、オレの前に回り込んで手綱を引く姿は……まるで光り輝く王子様だ。

「どうだ？」

笑顔で聞かれて、オレは眉をひそめた。

どうだ、とはなんだろう？

「白馬に乗った貴公子に愛の告白を受けるのは、すべての人間の夢だと聞いた。愛している、クラウス」

前半は余計だった。後半も余計だが。

「……どこからそんな話を」

「うん？　神殿の者たちが、恋愛指南をしてくれた。私は人の恋愛に疎いのでな」

神殿の神官か……。

確かにガルーアがいたあたりの人垣に黒い神官服がちらちら見えていたような気がする。

丸眼鏡の神官はまだ若かった。それに彼らは幼いうちから神殿に入ることが多い。

そのほとんどが恋愛を経験することなく、お見合いで結婚相手を決めるというし……恋愛は物語でしか知らないだろう。なるほど。そういった人たちが恋愛指南をするとこうな

ってしまうのか。

「あとは、こういうものも好まれるそうだ」

無視されたことを気にもせずに、ガルーアは白馬からひらりと下りた。

ふわりと舞う黒い髪が、気に障る。こんな動作が様になるなんて、グイード以上にムカつく男だ。顔がいいというのは、すべてを覆い尽くす長所になり得る。

ガルーアは腕を真横に突き出して、空気を掴むようなしぐさをした。

その瞬間にガルーアの手の中に真っ赤な薔薇の花束が現れる。

物語の中でなら、ここは可憐な少女が頬を染める場面だろう。ただ、あいにくと物語の中ではないし、オレは可憐な少女ではない。

差し出された花束も無視していると、ガルーアはそれを空に向かって放り投げた。

投げられた花束は、ぶわりと花びらをまき散らす……。

茎はどこへ行ったのだろう？　包んでいた紙は？

ふわふわと漂う赤い花びらを眺めながら、そんなことを考えてしまう。

周囲から拍手が巻き起こるのは、大道芸だと思って見ている人たちのせいだろう。今、小さな袋を持って回ればいくらか小銭を稼げるのに。

「クラウス」

「……」

目の前に跪いた美形を……一体、どうしろというのか。

逃げ出したい。

奴が跪いている今ならば、体勢を立てなおす前に逃げ切れる。

オレはその衝動に逆らわなかった。ガルーアの真横をすり抜けるように、一目散に走りだす。

当然のようにガルーアは追ってきた。オレの逃げ足はわりと速い。身体強化も使える。

だが、ガルーアはそれよりも速かった。

「追いかけっこは恋人同士の戯れだと聞いたことがある」

誰だろう？　この男にそんなどうしようもない知識を吹き込んだのは。

集まっていた人垣の隙間を縫って走る。オレが逃げているのに、面白がってガルーアに道を開けないでほしい。

大通りを駆け抜けるオレを、何事かと振り返る人がいる。ぶつかりそうにはなるが、なんとかかわして……ああ、まだガルーアと距離が開かない。もう少し距離が取れれば脇道に入って……。いや、次の角を曲がればいくつか細い道があったはずだ。

角を曲がってすぐに、細い路地に入り込んだオレは、身体強化を使って屋根の上へ逃げた。それから屋根の上を走り抜けて来た道とは別の道へ下りる。

念のため、もう何度か角を曲がって……。その先にいた人物に呆然とした。

「嘘だろ」

どうしてガルーアが先回りしているんだ！

慌てて踵を返してまた走りだす。もう恐怖に近い。

出店が立ち並ぶ、人の多い通りを走る。できるだけ姿勢を低くして人込みに紛れて見えないように。

けれどまた先回りしている男に再び逃げ出して……。そんなことを繰り返しながら走って捕まったのは、街の城壁の上だ。

観光客も多いこの街は、城壁の上もそういった人たちのために開放されている。

もちろん、有事の際には立ち入り禁止になるが、有事はこの五十年ほど起こったことはない。

今日は女神の泉がいつもより輝いているという噂があったためか、城壁の上に人影はなかった。観光客は泉に集まっているのだろう。

捕まる……！

避けようとして肩を掴まれ、壁に背中を押し当てられる。左右に置かれたガルーアの手がオレを阻んで動けない。

近くで見るガルーアは、睫毛の先まで美形だと感じるほどだ。しかも、あれだけ走ったにもかかわらず、少しも息が乱れていない。

「誰が、恋人……っ」

「愛は告げた。私たちは恋人同士だ」

告げるだけでは恋人になれないことを理解しない頭らしい。

「オレはお前を受け入れていない」

貴族相手に丁寧に接しなければなんて気持ちは、はるか彼方へ吹き飛んでいく。

「私はお前が受け入れるまで諦めるつもりはないから、無駄だ」

意味がわからない。ただ、理解できるのはこのままだとまずいということだけだ。

「ちょっと、整理しよう」

「うん？」

「お前は、オレを愛していると言うが、オレはお前に会ったこともない。一体、どこでどうして愛が生まれるんだ？」

初めて顔を合わせたのは、昨日。

泉に落ちたガルーアを見たときだ。

「私はお前をずっと見ていた」

「は？」

ずっと？

泉に落ちたときから監視でもつけていたんだろうか。あの花束のことといい、不自然に出現したキラキラといい……確かにこの男は魔法使いでもあるんだろう。監視の魔法が得意なんだろうか。

「私はクラウスが生まれた、その瞬間からずっと見守ってきた」

続けられた言葉に、眉をひそめる。

生まれた瞬間から？

何を言っているんだろう？

「初めてクラウスが口にした言葉は『まんま』。初めて歩いたのは一歳と二カ月。二歳と四カ月のときに、迷子になった。五歳のときに溺れたあの日は、驚いてあやうく大陸ひとつを沈めてしまうところだったぞ」

初めて口にした言葉が正しいかそうかは聞いたことがないからわからない。歩いた日も同じ。迷子になったという二歳は……まあ、そのくらいのことはあるだろう。

オレが溺れたという五歳。

それは記憶にある。家の近くの川で溺れたオレだったが、流されたすぐ後に起きた地震によって倒れた木に掴まることができた。

奇跡のような出来事のはずなのに、地震騒動で、オレが溺れたことも助かったこともたいした事件ではなくなった。家族の記憶にも残っていない。

「七歳のときにはいろんな能力に目覚めて、村のみんなの助けになったな。私も誇らしかった」

七歳。

そこからグイードが能力に目覚めるまでの五年ほどがオレの人生のピークだ。

「それから学校に入学して……」

続けようとした男に、手のひらを向けて話を止める。

「何が目的だ?」

男が話す内容は確かにオレの人生に符合している。けれど、それくらいのことは偶然だと片づけられるレベルだ。

「目的? それならもう達成した。私はクラウスのそばにいる」

「あのな……。そういうことを言っているんじゃない。オレの過去を調べて、愛なんて馬鹿なことを囁いて、なんの得がある?」

「そうだな。愛してもらいたいと思っている」

にっこり笑うガルーアとは……話が通じない。

「それに調べたわけじゃない。見ていたと言っただろう?」

「その設定はもういい」

オレが生まれたとき……、まあ、ガルーアがやたら若づくりだとしても十歳以上の年の差があるとは思えない。魔法使いには年齢を感じさせない者も多いというからそれを差し引いたところでたかが知れている。魔法使いがきちんと魔法を使えるのは学校を卒業してから。つまりこの男は、オレが生まれるそのときには学校を卒業していたと言っている。さすがにそれはない。

「設定なものか。事実だ。私は嘘をつかない。人ではないからな」

人ではない……。

ガルーアがそう言うと、納得してしまいそうだ。それほどに人間離れした美貌。まっすぐにオレを射貫く黒い瞳から目が離せなくなる。

「人ではない者が、神の名前を名乗るものか」

もしガルーアが人でないというのなら妖精とか精霊といった類になるはずだ。けれど彼らは名前が大きな意味を持つ種族。神の名前を騙るなんて真似はできない。

「私が私の名を名乗ることになんの問題もない。私がガルーアだ」

「だいそれたことを」

神を偽称する？

そんなこと、人にだって許されるはずがない。

「お前が戦いの神だというなら、雷のひとつでも落としてみせろよ」

「必要か？」

「ああ」

どうせできやしない。

そう思って軽く答えた瞬間、ぴかりと足元が光った。

それはそれは小さな光だ。足元の小石が、ころりと転がるくらいの……。

「雷……」

「すまんな。これは仮の体で、神の力を使うには制限がかかる。これくらいが、無理なくできる範囲だ」

「……」

一応は、雷なんだろう。呪文の詠唱もなく、軽々と魔法を使ってみせるからには、かなり上位の魔法使いと言えるだろうが。

「上からお前を見ていたら、ラフィアに落とされたのだ。咄嗟(とっさ)に体を造って、この世界に魂を繋げた」

ラフィア……。女神ラフィア。女神の近くにいた、神の名は戦の神ガルーア。

「信じろとは言わないが、私は嘘をつけない。それだけは覚えておいてくれ」

そう言った、そのすぐ後に……。

「愛している」

そんな言葉を続けられては、信憑性(しんぴょうせい)もなくなるというものだ。そっと握られた手に唇を落とされて、ぐるりと感情が掻き回される。

さっそくそんな嘘を。そう言いかけた言葉は、顔を上げたガルーアの真剣な目に打ち消された。笑った顔も真剣な顔も、オレの鼓動を大きくするのには十分だ。

オレはどうやらガルーアの顔に弱いらしい。

『クラウス』

頭の中に響くような声。

目を開けると、真っ白なシーツの上にオレは全裸で横になっていた。

「……っ！」

そうして、同じく全裸の男がひとり。

恐ろしく整ったその顔を見て、悲鳴を上げそうになる。

どうしてオレもガルーアも裸でこんなところに……。そう思って周囲を見渡すと、天井も壁もない。ただ白い空間が無限に広がっている。

そんな現実離れした場所なのに、ぎしりと寝台が軋（きし）む音がやけに響いて……。

『クラウス、愛している』

ガルーアがオレの上に体を乗せた。

『恋人同士がすることを、しよう？』

近づいてくるガルーアの唇に今度こそ悲鳴を上げる。

正直に言おう。あれほどの美形から熱烈に告白されて悪い気はしない。けれどこんな夢を見るほどに欲求不満なつもりは……。

ぎゅっと目を閉じたオレに……、近づいていた唇はその目的地を変えた。

唇のすぐ、端。

キスとは言えない場所に落ちる。

『……これは、現実で会えたときに』

ガルーアの言葉に、そうっと目を開ける。その近さにぐっと眉を寄せる。そうでもしないと心を持っていかれそうで……。

これは夢だ。

ガルーアだって夢だと認めているから、現実で会えたときになんて言葉を使った。

『そう、夢だ。クラウス』

囁きに、ゆっくり体の力が抜ける。

そう。夢だ。夢なら別にいいか。現実みたいに害はない。

『それはどうだかわからないがな』

夢だから、オレの思っていることにガルーアが答えるんだろうか？

『まあ、そうだな。ここにいるクラウスは魂だけの存在みたいなものだから、心の声も剝き出しになる』

都合のいい設定だな、と思うとなんだか笑いが込み上げてきた。

『楽しいか？　もっと楽しくなることを、しよう？』

ガルーアの息が首筋にかかる。

あ、と声を上げる間もなく……ガルーアの唇が首筋に触れた。

「んっ」

ちゅ、ちゅっと小さな音が聞こえる。首筋に何度もキスを落とされてくすぐったい。

ガルーアの指が肩に触れる。それから、腕をなぞるように移動していきたどり着いた先でオレの手に絡みつく。

「え？」

ぎゅっと握りしめた手は頭上に置かれた。両方の手を頭上で纏めたガルーアは、オレを見下ろして少しだけ唇の端を上げる。

『恋人になるためには体の相性も大事だそうだ』

頭上で纏められた手が、動かない。それに気づいて慌てて顔を巡らせると、白い靄のようなものがオレの両手に纏わりついている。

縛られるような願望は持っていない……はず。

『どうかな？　案外、こうしてほしいのかもしれない』

ガルーアの指先が喉ぼとけに触れた。

そこからまっすぐに胸の中心へ下りていく。

オレを見下ろすガルーアの顔に、欲望があった。

それは愛を告げるキラキラとした顔とはまったく別のもので……オレはごくりと唾を飲む。

『愛している』

心臓の真上で止まった指が、オレの鼓動を確かめているような気がして。

『愛している、クラウス』

ぱかりと口を開けたガルーアがオレの体に……。


「うわぁああっ！」

そこでオレは目を覚ました。

「……夢？」

乱れた息を整えて、周囲を見渡すと、そこは宿のオレの部屋だ。

寝台がふたつと、小さなテーブルと椅子があるだけの部屋。クローゼットのようなものもなく、荷物は開いたスペースに直置きだ。まあ、野宿をしているときに比べれば宿の床なんて綺麗なものである。

同室のフラウはいない。この時間は早くから鍛錬をするグイードと一緒だ。フラウが部屋を出るときに一度起きて……それからまた眠ったから、おかしな夢を見たのかも。

それとも慣れない愛の告白にどうにかしてしまったのだろうか？

いや、あんなもの人をからかっているだけだ。あんなふざけた告白が本気のわけはない。それに動揺している自分がおかしいだけ。

バクバクと音を立てる心臓に手を置いて大きく息をする。

正直に言うと……。オレには経験がない。村にいたころも学生時代も、ほとんどの女の子はグイードが好きだった。そういう女の子に手を出す気はなかったし、男性に関しても似たようなものだ。

それにグイードに集まる女の子たちを見ているとなんとなく、恋愛に対して萎縮してしまったのもある。それなのにいきなり。

「……動揺、してるのか？」

だからあんな夢を……？

いいや違う。動揺なんてしていないし、ガルーアのことなんて気にも留めていない。なんとかそう自分に言い聞かせて気合を入れるために頬をぱんと自分で叩いた。

それから少し空気を入れ替えようと、窓を開けて……後悔する。

「おはよう、クラウス！」

窓のすぐ下。

とても心地いい声だ。だからといって、その声の主が好ましいかと聞かれれば全力で否定する。特におかしな夢で目覚めた朝は。

ガルーアの周囲は空気が若干キラキラしている。朝日のせいだけではないだろう。これもまた妖精の祝福だとでも言うのだろうか。

「おう、ガルーアさん。今日もいいことありますように！」

ちょうど宿から出てきたダッタが、ガルーアに向けて祈りをささげる声がする。

「殊勝な心がけだ。ちょっとだけ加護をやろう」

「ちょっとかよ！　うわ、ペンダントが光った。これが加護か。ありがとうよ」

笑いながら通り過ぎるダッタ。

ダッタは順応力が高すぎではないだろうか？

ペンダントというのはつい最近、ダッタが手に入れたものだ。十年以上も会っていない娘さんに渡すのだと自慢していた。女神ラフィアの泉から見つかった石で作られたもので、女神の神聖力が込められているのだとか。まあ、何かしらの加護が追加されるのに困りはしないだろう。

「クラウスに会いたくて待っていた」

一体、いつから待っていたのか。そして今日は白馬ではないんだな。ガルーア自身も目立つけれど、白馬も目立つ。

「馬はどうしたんだ？」

「ああ、あの馬は私がクゥという名前をつけたら翼が生えてしまってな！　さすがに街中では邪魔になるから置いてきた」

馬に翼が生えた？

ぎゅっと眉を寄せる。

翼がある馬は幻獣として存在する。ペガサスだ。その存在は神話の中ではたびたび見かけるが、現実には百年に一度ほど目撃証言があるくらい。それだって怪しいものなのに……。

昨日、嘘はつけないと言っていたのに、もうそんなあからさまな嘘をつくのか。いやいや、これは冗談なのかもしれない。冗談は嘘には入らないとかそういった類だろう。

「そうか。じゃあ、ぜひ見たい」

オレがこう言えばどうするつもりだろう。

そんないたずら心もあって告げた言葉は……けれど満面の笑みで受け止められる。

「そうか！　ならば召喚しよう！」

召喚？

召喚って……。そう思った瞬間に、ばさりと頭上で何か大きなものが羽ばたく音がした。

咄嗟に腰の剣を探して……けれど、寝起きでそれを持っていないことに舌打ちする。

大きな羽ばたきが咄嗟に危険と結びついてしまうのは、冒険者として危険な場所に行くことが多いせいだ。

先に相手を確認しなければと顔を上げて……オレはぽかんと口を開けた。

朝日がきらめく晴れた空。

そこを白馬のペガサスが悠々と飛んでいる。

「嘘だ……！」

この宿は大通りから一本入ったところで、道幅はせいぜいが二メートルほど。翼を広げたペガサスが降り立つには狭いらしく、しばらく頭上を旋回したペガサスは、向かいの建物の屋根の上に降りた。

朝日を受けた純白の翼が眩しい。確かに昨日見た白馬に似ている気はするが……。

「美しいだろう？　特別にクラウスの名前からとって、クゥと名づけたんだ」

ペガサスに、まさかのオレの名前。

すみませんと周囲に謝るべきだろうか。いや、その前にいくら朝が早いとはいえ、周囲がざわざわし始めた。ペガサス、ペガサスだと叫ぶ声が聞こえてくる。屋根の上だし、それはそれは目立っている。

「乗るか？　空の散歩も楽しいものだぞ」

ありえない！

「他をあたってくれ」

全力で首を横に振った。

ペガサスに乗る機会なんて、オレの人生ではもう訪れないようなすごい機会に違いないのに、この騒ぎの中でペガサスの背に跨がる度胸はない。

「他はいらない。クラウスと共にでないと意味はない」

ガルーアが片手を上げると、ペガサスがふっと空間に溶け込むように消えた。

消え……。そうか。あれは実体じゃなくて魔法で作り出した幻影だったのかもしれない。そう考えると宿の前に降り立たなかったのも納得できる。常にキラキラものを振りまいているくらいだから、ペガサスなんて幻影も作り出せるのかも。

それなら、乗ってみたいと言ってみればよかった。幻影なら触れることはできないはずで、そうしたらガルーアの嘘も見破れたのに。

嘘……。どこまでが嘘なのだろう。

戦いの神を名乗るガルーア。オレを愛していると言うガルーア。それから、嘘はつけないと言うガルーア。けれど、魔法が使えるどこかの貴族というだけでは、説明が難しいことが増えていく気がする。

「今日はなんの用だ？」

「ただ、愛しいクラウスの顔が早く見たかっただけだ」

「じゃあ、もういいだろう。帰れ」

「つれないな。部屋に入れてくれ」

嫌だ、というより先に宿の扉が開かれた。見下ろすと、宿の女将が早く入れと言っている。ペガサスが現れたせいで騒ぎになっている。これ以上の混乱を起こさないためだろう。

オレにウインクをして宿の中に入るガルーアを溜息で見守った。

ガルーアが宿の中に入ったからと言って、会いに行くつもりはなくオレは部屋に立てこもっていた。

ガルーアはすぐにこの部屋に来るかと思ったけれど、静かなものだ。階下の食堂で、女将に騒ぎを起こすなとでも怒られているかもしれない。

このまま知らないふりをして二度寝しようかと寝台に戻ったときだった。

軽快なノックの音が聞こえて、オレはシーツを頭から被る。

無視だ、無視。

そう思っていたのに、ガチャリと扉が開いて慌てて体を起こした。

「寝ていたのか。どうりで私のノックに返事がないはずだ」

けれどペガサスを作り出せるほどの腕なら、扉の鍵くらい簡単に外してしまえるのだろう。


「違う。無視してたんだ。それより、扉には鍵が……」

「私とクラウスを隔てるものなど、すべて無駄なものだ」

鍵が、無駄……？

けれどそれも壊されたりすれば、仕方ないで済まされるような値段ではない。

どうする？　魔法防御つきの鍵でも用意するか？

「それより、お腹が空いていないか」

「は？」

寝台から見上げると、ガルーアは体に隠すように持っていたトレイを差し出した。

そこにはパンとスープ、それから大きめのベーコンが乗ったサラダがある。じゅわりと油の染み出るベーコンからすごくいい香りがしている。

朝食？

「下で用意してもらった」

ガルーアはオレにトレイを渡して、寝台の端に腰をかける。

一体、どういうつもりだろう。

「寝台で眠る恋人に朝食を持っていくのは男の役目らしいからな」

そんなことを言って、宿の女将に朝食を売りつけられたのかもしれない。

だいたい男が朝食を持っていく場合は、起きる前の夜にふたりで色々なことをしているのが前提だ。

「お前、ぼったくられてるぞ」

「ぼ……？　それはどういう意味だ？」

そうか。ぼったくりの意味も知らないのか。

「宿の女将が商売上手だって話だよ」

「ああ、そうだな。女将は親切に男が朝食を持っていくことの素晴らしさを教えてくれた」

なるほど。これはいいカモだ。

「こうやって恋人を甘やかすことがふたりの仲を深めてくれるそうだ」

言い返したいのに、一瞬だけ思い出した。

『クラウス、愛している』

さっき見たばかりの夢。

『恋人同士がすることを、しよう？』

甘い囁きがまだ続いているような気がして大きく首を横に振る。

想像してしまったわけじゃない。ガルーアと夜を過ごした後の朝。それは、こんなふうに甘い……。

　微笑むガルーアと、パチリと目が合って慌てて逸らせる。

　なんとも思っていなくとも、あの完璧な造作で微笑まれれば誰でもどきりとするだろう。オレだけが特別ではないはず。

「パンが冷たい」

　焦ったオレは、誤魔化すためにどうでもいいことを口にする。

　パンなど焼きたてでもそうでなくても気にしない。焼きたてだと美味いが、冷めたものをスープに浸して食べるのもいい。特にここの宿のパンはわざわざここで焼いているから冷めていてもおいしくて……。

「それは困るな」

　そう答えたガルーアが指先を少し振ると、小さな雷がパンに落ちた。パンがいい感じに温まり、湯気を立て始める。

　パンに雷。

　想像もしていなかった。まったくの力の無駄遣いだ。

「そんなことに力を使っていていいのか？」

「クラウスが少しでも幸せを感じるなら、惜しむ必要はない」

　温かいパンは確かに幸せだ。幸せだが……ガルーアが本当に神様だとしたら、オレは神の雷で温められたパンを食べることになる。信心深いと言い難いオレでも抵抗を感じる。

「案外、使い道は多いぞ。微弱なものを体に流せば、マッサージの効果もある」

「殺す気か！」

体に雷を流す？

想像しただけで恐ろしい。

「本当なのだがなあ」

手のひらでパチパチと火花を散らせて遊ばないでほしい。

まあ、いくらガルーアが胡散臭くても、持ってきた食べ物に罪はない。温かいパンもあることだし、いただこうかと手を伸ばしたときだった。

「今日は出かけるのか？」

「いや、その予定はないな」

普通に答えてしまった。一口目のベーコンがおいしかったせいだ。口に入れると、燻製の独特な香りと肉の油がじゅわりと広がって……。温かいパンを急いで追加すると両方が口の中で合わさって……その幸せを味わっていた瞬間に質問されれば、誰だって無防備に答えてしまうだろう。

「そうだ！　クラウス。今日は私と一緒に街を歩かないか？」

「は？」

思わず、聞き返した。

「恋人同士は手を繋いで街を歩くらしい！　昨日、街で見かけた恋人たちに教えてもらった！」

目を輝かせて力説するガルーアに思わず溜息が漏れる。

「教え……。お前、直接聞いたのか？」

「ああ。最初はこうして繋ぐ」

ぱっとオレの手を取ったガルーアを呆れた瞳で見つめる。

「それから、こう！」

指の間にガルーアの指が入って……。ああ、まさしく恋人繋ぎと呼べるそれだ。

繋がれた手を掲げて、ガルーアが目を細める。

「うん。いいものだな。こうして繋いでいるとクラウスの手の温（ぬく）もりがよくわかる」

勝手にしてほしい……。オレは繋がれていない方の手で黙々と食事を終えると、空になったトレイをガルーアに押しつけた。

持ってきたのだから片づけろと無言で押しつけたつもりだが、ガルーアはむしろ嬉（うれ）しそうに空のトレイを運んでいく。

その間に手早く着替えたオレは、宿の窓から飛び出すが……地面に足をつけた瞬間に捕まった。

誰にって……もちろん、ガルーアに。

「さあ、街を歩こう！」

手を差し出されて、思わず叩き落としたくなる。

瞬間に握られて、それができなかったのは触れたときに見せたガルーアの笑顔に見惚れたからではない。……きっと。多分。おそらく。

歩くのはいいが……違う、それもよくはない。が、それ以上によくないのは目的がないことだ。

ガルーアの目的は手を繋いで歩くこと。

ただそれが達成できれば、目的などどうでもいいらしい。つまり、オレは無意味に手を繋がれて、街を彷徨っている。

たまにガルーアに祈りをささげる人が現れて、ガルーアは鷹揚(おうよう)に手を振る。少しだけ空気がキラキラ光るような気がするのは、妖精の祝福とやらを模した魔法のせいに違いない。

どうしてこんなことにつき合っているんだろうと何度も自分に問いかけてみるが答えは返ってこない。まったく理由がわからない。

「ああ、神殿の近くに来てしまったな」

ガルーアがそう言って、オレは女神の泉の神殿の前にいることに気がついた。

女神の泉がいつもより輝きを増しているせいで、見物客は増えているが……今はまだ朝早く、神殿の門は閉まっている。何人か武具を抱えた人が並んでいるくらいだ。

「そうだ、私の神殿を見学しないか？」

私の神殿？

ああ、そうか。ガルーアは女神ラフィアの兄神ガルーアを名乗っていた。ここにはガルーアの神殿がある。

この街は女神ラフィアの泉で有名だ。各地にある女神の神殿の中でもかなりの力を持っている。

そして何より、資金が潤沢。

泉の水を使った、元手なしの商売はいくらでもぼったくり放題。それでも訪れる人は後を絶たない。王侯貴族から得た暴利を元に庶民に施しをして、信者は増えるばかり。

そして潤沢な資金を持つ泉の神殿は、女神への信仰をあらわすためにと、その兄神の神殿を敷地内に建てて祀った。

女神ラフィアの神殿の敷地内にあるとはいえ、ガルーアにとっては数少ない神殿であることには違いない。

「こちらだ」

ぐ、と手を引かれたと思ったらふわりと塀を跳び越えていた。

女神の神殿は中央の庭に女神の泉を配置し、右側が観覧者の受付場所と信者たちの待機場所。奥が大神殿となっている。オレが昨日訪れたのは右の建物で、その脇を通って泉に向かった。泉の奥に見えた採水場はそのまま奥の大神殿の建物の一部だ。

ガルーアの神殿は泉の左側にある。

大神殿と比べるのは可哀想（かわいそう）なくらい小さなものだが、それでも建物としては立派で、入口には白い大きな柱が左右に三本ずつあり、今は閉じている扉もオレの身長の三倍ほどはありそうな荘厳な造りだ。

ガルーアが扉に触れると、ゴゴゴと音を立てて扉が開いていく。本来なら数人がかりで動かすような重い扉だ。こんな扉まで簡単に開けてしまうのなら宿の扉なんてないようなものだろう。

薄暗い神殿内に光が差し込んでいく。

両脇に、剣や弓を抱えた石像がずらりと並ぶ。人と同じくらいの大きさで作られた彼らは、武器の種類の数だけいるとされるガルーアの眷属（けんぞく）だ。

棍棒（こんぼう）を持った者、反り返った形の剣を持つ者、鎖のようなものを掲げる者。様々な石像が並ぶ様はまさに圧巻としか言いようがない。

「面白いだろう。世界に武器が増えるたびに私の眷属が生まれるのだ」

きょろきょろするオレにガルーアが囁く。

その目は石像のひとつひとつを楽しんでいるようだ。

その昔、戦争が日常だったころ、開発された新しい武器はその成功を祈って神殿に納められていた。それを扱う眷属の像と一緒にだ。

ガルーアの神殿の中でも、眷属をこれだけ揃えている神殿はここくらいのものだろう。

オレはこれを見るだけでも面白いと思うが、ご婦人方には不気味だと怖がられて人気はないらしい。

奥へ進むと、一段高くなっている場所にそれはあった。

ここにある多くの像が武器を携えているのに、その中心となる戦いの神は何も持っていない。ただその両手を広げているだけだ。

長い髪に、すっと整った鼻筋。石像だから色はないけれど、恐ろしいくらいに整ったその顔はオレの手を引くガルーアにそっくりだった。

『勝利とは武器のない場所にこそ』

像の近くにはそんな文言が刻んである。

戦いは手段でしかない。それを取らざるをえないときもあるだろう。だが、目的を見失うなとか、そういった意味なのだと聞いたことはあるがそのときは小難しくて聞き流していた。あれだけの数の武器を携えた眷属を従えておいて、よくそんなことを言えたものだと思ったのを覚えている。

ガルーアの信者はすぐに戦いの正当性だとか、武器を持つことによる正義だとか難しい話をしたがるものだ。そのあたりも信者が少ない理由なのかもしれない。

愛を説き、癒やしを与える女神ラフィアの人気が高いのも仕方がない。

「この像はよくできているだろう。これを作るのにどうしても姿が見たいと百日間祈りをささげられて、仕方なく姿を見せた。ほんの短い間だったがあの男はいい仕事をした」

なるほど。だからこのガルーアの像はガルーアに似てるのか……。

納得しかけて、慌てて首を横に振る。ガルーアが神だというのを受け入れそうになっている自分がいた。危ない。

「いいのだ。信じようと、信じまいと私はただここにある存在なのだから」

ガルーアが小難しいことを言い始めたのでさらりと受け流す。宗教の話ほど面倒なものはない。

「どうしてオレをここに?」

「ああ。眷属たちに紹介しておきたくてな」

眷属、というと武器を抱えた石像たちか。

なんだか急に背中に多くの視線を感じたような気がして振り返る。もちろん、石像たちはぴくりとも動いていないが、その視線がすべてこちらを向いているような気がして、ぶるりと体が震えた。

「この中のいかなる武器も、お前を傷つけることはできないだろう」

ガルーアの言葉とともにキラキラがオレの体に降り注ぐ。

神の祝福。

本物だったらすごい。けれど、本物でなくとも真剣なガルーアの表情を見ているとそれを望んでくれているのだろうということはわかった。

「ありがとう」

だから素直に礼を言う。

そうするとガルーアは照れたように笑った。

「もっと早くにこの加護を与えたかったのだが、さすがにこれほど大きな加護は気持ちが通じ合わないうちには難しくてな」

いやいや、今も通じ合ってはいないと思うが。

呆れた視線を向けるのだが、ガルーアは一向に気にしない。

「クラウスが私の存在を認識しない間は私がどれだけ願おうと厳しかった。だから、私を落とした妹には感謝しなければいけない……かもしれない」

妹？

ガルーアの言う妹ならば女神ラフィアのことだろう。

「本来なら、天界から落ちてもすぐに浮上して戻る。だが、落ちたのがラフィアの泉だったために、戻るのに間があった。そしてこの神殿の近くであったから、私はその間で体を造ることができた。こうしてクラウスに触れられるのも、すべてが運命のようだ」

ガルーアがオレの手を掲げてそっと額に押し当てる。

「愛している。クラウス」

「いや、だからそれは……」

切実な願いを伝えるかのような声に、これはよくないと自分の手を引き戻そうとしたときだった。

「あ、ガルーア様でしたか」

緊張感のない、若い声が神殿に響いた。

「扉が開いているから様子を見に来たのです」

どこかで聞いたことのある声だ、と思ってそちらを振り返って、そこにいるのが何度か顔を見た丸眼鏡の神官であることに気づく。

今日は袖が余った白の神官服じゃない。今、着ている神官服は黒。ガルーアの神官が着る色だ。

「す、すみません！　お邪魔でしたでしょうか」

いいや。邪魔なんてことはまったく、全然ありえない話だ。

首を横に振るオレにほっとした顔をして丸眼鏡の神官は頭を下げた。

「僕はグルと申します」

なんとなく……なんとなくだが、その短い名前からして子犬のような可愛さがある子だ。

「オレはクラウス」

「知っています！　ガルーア様がどれだけクラウス様を愛しているかっていうのを延々聞かされましたから」

それは……なんというか、申し訳ない。

「この間はちょっと人が足りなくてラフィア様の神殿に駆り出されていましたが、本来はガルーア様の神官なんです」

なるほど。それで袖が合わない神官服を着ていたのかと納得するけれど、それでいいのかと思わなくもない。

他の神の神殿を手伝うなんて……兄妹神だから許されてるのだろうか。

「いやあ、たまにはあっちも手伝わないと、こっちの神殿は経費ばかり使うって言われちゃうんで」

あっけらかんと笑うけれど、それはガルーアの前で言っていいことなんだろうか？

「まあ、眷属の数も多い。その手入れに加えて参拝客からの供え物も少ないからなあ」

ガルーアが納得している。それならいいのか。

「ここには何人の神官がいるんだ？」

女神ラフィアの神殿には数え切れないくらいいる。正式な神官職じゃなくて、行儀見習いとかそういった短期で入っている者もあわせれば百人近くになるのではないだろうか。

「五人です」

グルの言葉に思わず、周囲を見回してしまった。

たった、五人。

この広い神殿を管理するのに、五人では少ない気がする。

「四人はいないとあの扉が開けられないので。前は四人ぴったりだったんですけど、僕が入って五人になったので、たまに休みが取れるんです！」

自慢げに言うけど、たまに休みが取れることがそんなにすごいことなのか。神官服と同じ色合いの職場だな、おい。

「他の四人は……」

「あ、今はラフィア様の参拝が始まる時間なので、そちらの手伝いです。門が開いてからすぐは混むんですよねえ。そのうち戻ってきますよ。扉が開いてるの見たら、神殿長が腰を痛めなくて済むと喜ぶと思います」

神殿長……何歳なんだろう。

「あ、大丈夫ですよ。今はラフィア様の泉の水が絶好調なので、腰を痛めてもすぐに治ります。神官の特権っていったら、泉の水使い放題ですよね！」

元気なグルがいっそ哀れに思えてくる。

確かにラフィアの泉の水は高価だが、使い放題だからといって腰を痛めることが平気なわけじゃない。

「ガルーア。扉くらい、毎日自分で開けろよ。そんな年寄りにあの重たい扉を開けさせるなんて」

「いや、だがあの扉を作った者はそれを毎日開けることもまた修行のひとつだと言っていてな……」

「お前、簡単に開けられるじゃないか。昔は知らないが、今は少人数で神殿の管理をしているっていうんだから、それくらい手伝ってやれよ」

触れただけで扉を開けてしまえる男がいるのに、使わない手はない。今、ガルーアはこちらで世話になっていると言っていたし、たとえ自分の神殿だとしても働かざる者、食うべからずだ。

「……まあ、クラウスの望みなら、叶(かな)えてやるか」

しばらく考え込んだガルーアは、そう言って扉に近づいた。

開いた扉の中央に立ったガルーアは、奥にあるガルーアの像と同じように手を広げる。

やがて、ガルーアを中心にキラキラと輝く光が現れた。もうあのキラキラには驚かなくなっているオレがいる。慣れって怖い。

「終わったぞ。これで夜明けと日没に自動的に扉が開閉する」

「え、本当ですか！」

グルが跳び上がらんばかりに驚いた。確かに、時間を設定して開閉するような扉は聞いたことがない。

「もちろん、それ以外でも今までどおり手動で開閉はできる」

「さすがです、ガルーア様！　これで神の奇跡が宿ったと参拝客を呼び込めます！」

拳を握りしめて喜ぶグル。けれど、違う。喜ぶところはそこじゃない。

一体、どれだけ参拝客のなさに頭を悩ませていたのかと同情してしまうが、今は素直にこの重い扉を開閉しなくてよくなったことを喜んでほしい。まあ、ガルーアの魔法が言ったとおりに機能することが前提だけど。

「皆には世話になっているからな」

照れたように笑うのは……あれか。ガルーアが言っている世話とやらは、白馬に乗った貴公子に愛の告白を受けるのはすべての人間の夢だとか言っていた恋愛指南のことか。

グルを見て、ガルーアはこの丸眼鏡の少年に恋愛指南を受けたのかと頭が痛くなる。他にも四人の神官がいるらしいが……。少人数でこの神殿を守っているのだ。全員が恋愛経験は少ないだろうと断言できる。

「あ！　ガルーア様、今もしかしてデート中ですか！　それなら僕は邪魔にならないように消えますね！」

「いや、いいから。もう帰るし」

今にも走りだしそうなグルを呼び止める。

「そうですか……？　ああ、そうか。この神殿なんて、眷属とガルーア様の像を見たらもう他に見るところもありませんしね。これから街デートですか。いいなあ。ランチの場所は決めてますか？　恋人たちには薔薇の庭亭がいいらしいですよ！」

ああ、そうだな。薔薇の庭亭。知っている。その名前のとおり、薔薇園があることで有名な店だ。店内の装飾も薔薇づくし。恋人たちには人気かもしれないが、男同士で行く場所ではない。

「薔薇の庭亭か」

ガルーアが、目をきらりと光らせる。

「行かねえよ？」

「何故だ」

「昼飯なら、オレの泊まってる宿の方が美味いし」

薔薇の庭亭は女性向けのメニューばかりだ。薔薇ジャムが添えられたスコーンや、フルーツを使った小さなサンドイッチではオレの腹は満たされない。それなのに値段は三倍以上する。はっきり言ってぼったくりだ。

「ふむ。ならばクラウスの宿で一緒に食べるか」

しまった。一緒に食べる気はなかったのに、昼食場所を提案するような形になってしまった。

「もうそんな気負わない仲なんですね。うらやましいなあ」

満面の笑みのグルに、顔を緩ませるガルーア。

違う、と否定するのも馬鹿らしくてオレは大きな溜息をついた。


神殿を出て、宿の方へ歩く。

自然にだか、不自然にだかはわからないがまた手を繋いでいる。振り払おうとしたが、何度も繋ぎなおされて諦めた。

「クラウス」

名前を呼ばれてなんとなく顔を上げると、ぐいっと手を引かれた。

連れていかれた先は、細い路地で……。オレは壁に背中をつけた状態でガルーアと向かい合う。

「……？」

「恋人同士は、こういう場所でキスをするのだと」

POSTCARD

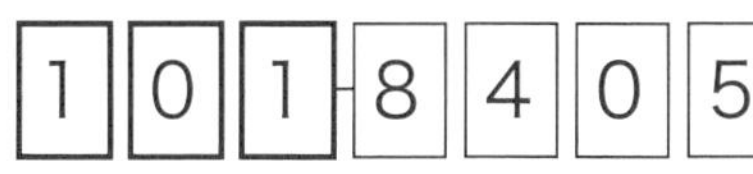


東京都千代田区
神田三崎町2-18-11

二見書房
シャレード文庫愛読者 係

通販ご希望の方は、書籍リストをお送りしますのでお手数をおかけしてしまい恐縮ではございますが、**03-3515-2311までお電話くださいませ。**

<ご住所>

<お名前> 様

<メールアドレス>

＊誤送を防止するためアパート・マンション名は詳しくご記入ください。
＊これより下は発送の際には使用しません。

| TEL | 職業／学年 |
|---|---|
| 年齢　代 | お買い上げ書店 |

# Charade愛読者アンケート

この本を何でお知りになりましたか？

1. 店頭　2. WEB（　　　　　　）　3. その他（　　　　　　　　　　）

この本をお買い上げになった理由を教えてください（複数回答可）。

1. 作家が好きだから（小説家・イラストレーター・漫画家）

2. カバーが気に入ったから　3. 内容紹介を見て

4. その他（　　　　　　　　　　　　　　　　　　　　　）

読みたいジャンルやカップリングはありますか？

最近読んで面白かったBL作品と作家名、その理由を教えてください（他社作品可）。

お読みいただいたご感想、またはご意見、ご要望をお聞かせください。

作品タイトル：

ご協力ありがとうございました。
お送りいただいたご感想がメルマガに掲載となった場合、オリジナルグッズをプレゼントいたします。

HPのご意見・ご感想フォームからもアンケートをご記入いただけます ➡

近づいてくるガルーアの顔に驚いた。

慌てて自分の唇を手で隠す。

「恥ずかしがり屋だな」

ふふ、と笑いながら……隠した手の上に唇を落とされて衝撃が走った。

こいつ、本気だ。

「キスは唇でなくてもいいらしい。見えているところになら、どこにでも。それが仲のいい恋人の証だと」

ちゅ、と小さなリップ音が耳元で聞こえて呆然とする。それから、頬に……。思わず上がりそうになった声を抑えて横を向くと晒された首筋に、何度も。

「待っ……！」

待って、と言うために緩めた手を取られた。あ、と声を上げるより先に唇を塞がれる。

触れるだけの、キス。

まるで子供同士のような一瞬の重なりが離れていくと、やけに照れくさそうなガルーアと目が合った。

「うん……。この、キスというのはひどく幸せなものなのだな」

へにゃりと笑うと美形が台無しだ。

幸せだと笑うその顔に嘘は見られなくて、オレは温もりが離れた自分の唇にそっと触れる。オレとのキスにそんな価値があるんだろうか？

少しだけ大きくなり始めた鼓動を誤魔化すように目を逸らす。ガルーアの顔を見ていると鼓動はおさまりそうにない。

「クラウスは幸せか？」

そんなはずはないと言い返せればよかったのに、咄嗟に言葉が出てこない。

あんなキスが幸せだと言うガルーアに、鼓動が大きくなっているなんて言えないじゃないか。

「クラウス？」

焦ったようなガルーアがオレの顔を覗き込もうとする。少し赤くなった頬を見せたくなくてうつむくと、ガルーアはしゃがみ込んで目を合わせようとした。

下から覗き込む顔が、情けなくて……。オレは思わず頬を緩める。オレが笑ったのを見ていたガルーアの顔が、だんだんと笑みに包まれていく。

オレが笑うと、ガルーアも笑うのか。

そんな単純なことが何故だか妙におかしくて。

まるで初めて恋を覚えたようにまっすぐなガルーアが、少しだけ……本当に少しだけ可愛いだなんて感じた。

「クラウス」

立ち上がったガルーアがオレの頬に手を添える。

「もう一度……」

ガルーアが顔を近づけてこようとした瞬間、大通りでわっと歓声が上がった。

「……」

ふたり揃ってそちらへ顔を向けると、人々が空へ向かって手を伸ばしている。会話を拾ってみると、どうやらそこかしこで花びらが降っているらしい。

「しまった。幸せすぎて花びらを……！」

本当に困った顔で言うから、思わず笑い声を上げてしまう。

小手先の魔法は、キラキラだけではなく広範囲でそんなこともできるらしい。


「遅かったじゃないか！」

宿に帰るとフラウが腕組みをして待っていた。そして、オレとガルーアを交互に眺めて
……最後に繋いだままの手に視線を落とす。

「何それ」

オレだって不本意なんだ。そんなふうに聞かないでほしい。

「いいだろう？　恋人はこうして手を繋ぐのだ！」

ガルーアが恋人繋ぎの手を掲げる。慌てて外そうとすると、腰に手が回って引き寄せられた。

「クラウス、お前がそんな人間だとは思わなかった！」

いや、どんな人間だと思っていたか教えてほしい。というか、どうしてフラウが怒っているんだ。フラウが好きなのはグイードで、オレのことなどどうでもいいはずなのに。

「お前はグイードのことが……」

「違う。それは何度もはっきり言っているが、違う」

ああ、そうか。恋敵だと思っているオレが他の男といるからか。

フラウはオレがグイードのことを好きだと思っている。本当に違うのだと何度言っても聞く耳を持たない。

そしてさらに面倒なのが、グイードがオレのことを好きなんじゃないかと思っていることだ。だからフラウがいくら迫っても、グイードはフラウを受け入れないのだと。

幼馴染みとして言おう。

それはない。グイードはあんまりしゃべらないが、態度でわかる。あいつはフラウに気がある。つれなくすると、ますます追ってくるフラウが楽しくて冷たい態度をとっているだけだ。

「グイードは、お前を……」

「それも違う」

こんなに面倒なのだから、もう早くふたりがくっついてしまえばいい。

少し泣きそうな目でこっちを睨むフラウは……うん。可愛いものだ。グイードはきっとこういう顔を見たくてほうっているんだろう。見るだけで満足していないで、さっさと囲い込んでしまえばいいのに。

「クラウス」

きゅっと手を握られて横を見ると、ここにも少し泣きそうな顔をした男がいた。こちらは可愛くない。可愛くないが……、その……なんだ。これだけ顔のいいガルーアにそんな目で見つめられると、眩暈を起こしそうになる。

「クラウス。何があろうと私はお前を愛するだけだ」

「何もないから！」

いや、本当に。

グイードは村でオレの輝く時代を終わらせた男だ。そしてそれは学生時代でもそう変わらない。オレがいいなと思う子はたいていグイードが好きだったし、そうじゃない子もグイードが好きだった。

それに、つき合いの長さからお互いの性的指向が噛み合ってないことはよくわかっている。

グイードが好きになる相手はいつだって少しツンとした、可愛い子だ。グイードが動きさえすればたいていが上手くいく恋愛なのに、グイードは動かない。

視線や態度だけで気持ちが伝わるわけじゃないと何度言っても、あいつは遅い。そのうち相手の方がグイードを諦めて他の男にいく。見ているこっちが謝りたくなるくらいだ。

オレはいつもその相手に同情してつい甘くなる。フラウが理不尽なことを言っても怒れないのは、あんなグイード相手の恋愛は大変だろうという気持ちがあるからだ。

「私たちは手も握るし、口づけとて交わした仲だ。ふたりを引き裂くことは誰にもできない！」

「は？　キスくらいで何言ってんの？」

自信満々に言った言葉を打ち消すようなフラウにガルーアが大きく目を見開いた。

いや、そういうことを自信満々に言われても困るが。

「……くらい？」

「キス程度で恋人面なんて馬鹿みたい」

「……程度？」

まあ、ガルーアはおそらくいいところの人間だし、もしそうじゃなかったら神様なのだし、貞操観念は高いのかもしれない。フラウの言うようなことは頭になかったのだろう。

あんなお遊びのようなキスで花びらを降らせるくらいだ。

「愛を告げて口づけを交わし、手を繋いで街を歩いたんだぞ！」

そうだな。確かにその言葉に嘘はない。愛を告げたのも、口づけもガルーアの一方的なものだがな。

「恋人なら夜くらい、ともにするでしょ？　何を子供みたいに……」

「夜……。夜を、ともに？　夫婦でなくとも許されるのか？」

ぐりん、とガルーアの顔がオレを見た。

いや、夫婦でなくとも許されるからって、オレとガルーアの仲で許されるとは限らない。

「……クラウス、今宵」

「ない」

「そなたの部屋に」

「嫌だ」

「行っても」

「断る」

「いいか？」

困った。ガルーアがまったく人の話を聞いていない。

「クラウス」

ぐい、と押されて一歩下がる。

「ダメなのか？」

せつない表情で聞かれて、顔が引きつった。

「ダメに決まっている」

「どうして？」

「どうしてって……」

オレは強引に迫られているだけだ。史上最強に顔がよくて、強引なガルーアに。

ふいに、夢で見たガルーアを思い出した。

欲望を持った顔で、オレを見下ろすガルーア……。

どくりと心臓が大きく跳ねた気がして、慌てて首を横に振る。

「ダメなものは、ダメだ！」

「少しくらい、試してみても？」

「試さねえ！」

少しでも甘い顔を見せると、強引に部屋に来てしまいそうだ。

もしそうなれば……。

オレは、ぐっと眉を寄せる。

そうなったとき、オレはガルーアを拒み切れるか自信がない。

あれだけまっすぐに愛していると言うのだ。

子供がするような、触れるキスだけで花びらを降らしてしまうほどに喜ぶのだ。

悪い気は……しなくて。

むしろ、そういうまっすぐな好意に少しずつ惹かれているような気もして。

「残念だ」

がっくり肩を落とすガルーアに、それくらいで諦めるなと声をかけそうになるのを必死で耐えた。

「ちょっと、僕と一緒の部屋なのに夜這いとかやめてよね」

フラウが器用に片方の眉を上げて文句を言う。ずっとどこかに文句をつけたくてガルーアの言葉を聞いていたに違いない。

「一緒?」

ガルーアがオレとフラウを交互に見た。

「ああ、部屋はフラウと一緒だ。寝台もふたつあっただろう」

眉を寄せるガルーアは、自分の記憶をさかのぼっているらしい。そして、今朝の記憶にたどり着いたのか、眉間の皺を深くした。

「私のクラウスが、他の男と寝ている……だと?」

お前のクラウスではないし、フラウは男に入れていいかもわからない。それに言い方に問題がある。

「女将！　女将、大変だ！」

　それから急に店の奥に向けて叫んだ。

「何が、大変なんだい。あら、ガルーアさん。今朝は朝食をお買い上げありがとう。言いつけどおり、毎日ガルーアさんが持っていけるように準備しておくようにするよ」

　出てきたのは中年の恰幅のいい女性だ。昼前だから厨房を手伝っていたのだろう。エプロンで手を拭いている。

　それより、ちょっと聞き捨てならない言葉があった。

　毎日？　毎日、持っていけるように準備って言ってなかったか？　突っ込みたかったが、それより先にガルーアが宿の女将さんに詰め寄った。

「私のクラウスが、他の男と寝ているんだ！」

　その誤解を生むような表現はやめてほしい。まるでフラウとオレが浮気……いや、この場合はどちらにも恋人はいないから浮気ではないのだけれど、とにかくそういった関係にあるように聞こえてしまう。

「なんてことだい！　それは大変だ」

　女将の演技がすごい。オレがふたり部屋なんてこととっくに知ってるだろう。その部屋を用意したのは女将だし。

「すぐに部屋を用意してあげたいけれど……ごめんよ。今は貴賓室しか空いてないんだ」

そんなはずはない。今朝だって数人の冒険者が旅立った。ここは人気の宿だけど、部屋数はわりとあるはずだ。

「貴賓室でかまわない。今すぐクラウスをその部屋に！　宿代は私が払う！」

「毎度あり！」

オレが口を挟む間もなかった。

いや、貴賓室に無料で泊まれるのなら文句を言っちゃいけないのだろうが、あきらかにガルーアが騙されている。

女将がオレに向けてウインクするのは、黙れという無言のプレッシャーだ。

お前は貴賓室に泊まれる。私は空いてる貴賓室に客を入れられる。お互いに損はないだろう？　そう言う女将の声がはっきりと頭に響いてくるようだ。

「……」

何かを言いかけてやめたのは、この宿で女将に逆らっていいことなんて何もない。

ガルーアは、金を持っているようだし……。いや、待て。その金がどこから出ているかは確認しておかないと。あのガルーアの神殿から持ち出しているなら辛すぎる。もしそうならすぐにグルに返してあげてほしい。

「ガルーア、宿代なんて持っているのか？」

「当たり前だ。クラウスが突然指輪を欲しいと言いだしても大丈夫なように、天界から落ちたとき身に着けていたものをラフィアの神殿の者に売ったのだ」

「指輪なんていらねえけど！」

あー……でも、女神ラフィアの神殿に売ったのなら大丈夫か。あそこの資金は潤沢だし。天界から持ち込んだ設定のものなら高く売れただろう。服の切れ端ですら、後生大事に拝みそうだ。偽物にしろ、そうでないにしろ、神聖力がたっぷり染みついたものには違いないはずだし。

「貴賓室は三階だよ。三階には部屋はふたつしかないからね。奥の部屋に行ってくれ」

女将にやたらピカピカした凝った作りの鍵を渡される。冒険者に愛される宿だから、そこそこ安い値段で部屋を提供してくれているが、冒険者相手だからこそいい部屋もある。ひとやま当てた冒険者は下手な金持ちよりも散財しがちだ。

「昼食は運んであげよう。ふたりでゆっくり貴賓室で食べればいい。すぐに持っていくからね！　その後は邪魔なんてしないから！」

はいはい、さあ行ってという具合に背中を押された。オレが文句を言いだす前に送り出してしまいたいんだろう。

「ちょっと！　クラウスのくせに貴賓室なんて！」

フラウが叫びだしたので、オレは耳を塞いだ。うるさく言っているが……フラウは案外、寂しがり屋だ。ふたり部屋を急にひとりで使うことになって寂しいんだろう。

「別にいいだろう。パーティの金を使うわけじゃない」

いつの間にか、フラウの横にグイードが立っていた。まあ、グイードがここにいるからフラウもいたんだよな。それくらい、フラウはグイードの後をついて回っている。

けれど、グイードがフラウの文句に味方しないなんて珍しいな……と思っていると、目が合ったグイードは少し顔を赤らめて逸らした。

あ、こいつ。

フラウと距離を詰める気かもしれない。

だったら仕方ないか。オレは素直に貴賓室に移動してフラウをひとり残してやろう。

「貴賓室、使わせてもらうよ」

「ちょっと……っ！」

そうと決まれば早く移動してしまおう。オレは、貴賓室代を払っているガルーアを置いて、階段を駆け上がった。

さすが、貴賓室。

クローゼットさえなかった下の部屋とはまったく違う。床からしてギシギシ言わない。

絨毯（じゅうたん）がある。鏡もある。応接セットが部屋の中央にどんとある。それとは別に仕事机と椅子もある。オレとは無縁の家具だな。

扉がいつくかあって、ひとつは寝室。ひとつは衣裳部屋。それから、風呂場。風呂場のついている部屋になんて入ったことがない。浴槽があって、多分お湯は下から運んでくるんだろうけれど……、とにかくすごい。

街を見渡せるバルコニーまであった。入ってすぐの部屋と寝室と両方にだ。上の階がこんなことになっているなんて知らなかった。一体、いくらするんだろう？　ここは良心的な宿だが、そのぶん、貴賓室は値段を吊り上げている気がする。

オレの荷物の入った小汚い袋は、絨毯の上に置くのもためらわれて、寝室に備えつけてあるクローゼットの横に置いた。いや、クローゼットだって立派な細工のものだったんだ。中に入れるのも申し訳ない。後で汚れを払ってから使わせてもらおう。

なんとなく服もぱたぱた叩いてからソファに腰を下ろした。

「居心地悪いな……」

天井が高い部屋というのは慣れない。

オレは金持ちになっても普通の家で暮らすかもしれないと思う。

ノックの音に顔を上げると、トレイを抱えた女将とクラウスが部屋に入ってくるところだった。

女将は手際よく、応接セットのテーブルに見慣れない白い皿に盛られた料理を並べていく。ここは木の皿しかないのかと思っていたけれど、ちゃんとした陶器の皿もあるんだなあ。

「そこに紐(ひも)があるだろ？」

女将が指したのは、入口の近くに垂れ下がる紐だ。

「あれを引くと、下で鈴が鳴るんだ。そしたら従業員が用事を聞きに来る。飲み物や食べ物、その他の用事だっていつでもいいよ。夜中だって、すぐに来るからね。それがこの部屋の一番の特権だ」

おお。ではあれは魔法の紐みたいなものだ。

「とりあえず、下の階の部屋と同じ日数分の代金は貰ったから。延長するなら言っておくれ」

何度も頷く。延長する気はない。しっかりこの部屋を出る日を覚えておかないと、オレにはこの部屋の代金は払えなさそうだ。

「じゃあ、ごゆっくり。あ、風呂の湯だって、いつでも用意してあげるからね！」

女将の残していった言葉にぐっと眉を寄せた。

風呂は使わせてもらう。だが、それは女将の思ってるような理由じゃない。

「これでゆっくりできるだろう。あんな近い距離に他の男と寝かせるなんて真似は私にはできない」

「いや、これまでもさんざん雑魚寝とかしてきたけれど」

ずっと見ていたのではないのか、この男は。

旅の途中なんて、宿を取れないことだってある。野宿もあれば、荷馬車の中にぎゅうぎゅうになって寝ることだってある。

「あのときとは違う。今は恋人同士で、こうして触れられる仲なんだぞ」

「いや、違う。恋人同士じゃないし、触れ合う仲でもない」

はっきりと言ったのに、まったく気にする様子のないガルーアはオレの隣に座った。

「クラウス」

オレの手を取ろうとするから慌てて避ける。

「昼飯。食べるんだろう?」

目の前には木の皿ではなく、白い陶器の皿に盛られた肉。ここで出てくる料理は食べ応えのある肉が多い。一品一品がお洒落に並べてあるだけで、下で出しているものと中身はそう変わっていないだろう。

クラウスがナイフとフォークを手に取ったので、オレはそれを取り上げた。

「そんなので食べたら、味がしないだろう」

首を傾げるガルーアに、目の前の大きめのパンを渡す。オレも同じように手に取って、それを横向きに半分にした。

「割るのか?」

「ああ。それで、こうして……」

半分にしたパンに野菜を挟んでいく。綺麗に盛られた野菜がめちゃくちゃになるが、知ったことではない。

「こうだ」

肉にソースを絡めてパンに挟む。

これにかぶりつくのが美味いに決まっているからだ。

オレも鬼じゃない。貴賓室を奢（おご）ってくれたガルーアに少しでも優しくしてやろうと思った結果だ。美味い飯の食い方くらい、教えたっていいだろう。

こちらを見ているガルーアをほうっておいて、一気にかぶりつく。

やっぱり、一緒に食べるのが美味い。

オレの笑顔を見たガルーアが、野菜と肉をパンに挟んだ。

「一気にいけ」

オレの言葉に、ガルーアが肉を挟んだパンにかぶりつく。

「……美味いな」

「だろう？」

ちまちまナイフやフォークを使っていたのではもったいない。このソースが野菜やパンと絡んで口の中で一緒になるのが最高なのだから。

昼食を終えて、オレはソファに寝ころんだ。

なんて贅沢だろう。腹いっぱいに食って、そのまま寝ころぶ。オレはこうやって生きていきたいと思う。

無料で泊まれる貴賓室。いつもよりちょっといい肉の料理。腹も満たされて気が緩んでいた。

「クラウス」

オレが寝ころんだせいで、浅くしか腰をかけられなくなったガルーアがソファの背もたれに手を置いてオレを見下ろす。

さらりと流れる黒髪が……まあ、人間離れして綺麗だ。言ってやらないけど。

「なんだよ。狭いのが嫌なら向かいのソファに行けよ」

一応、この部屋の料金を払っているのはガルーアなので無下に追い出すこともできない。

「クラウスがこんなに無防備に寝ているのにか？」

顔が近づいてくる。嘘みたいに整った、綺麗な顔。

オレは綺麗な顔に弱いのかもしれない。いや、違うな。グイードも綺麗な顔だけれど、ムカつくだけだ。

オレが弱いのはガルーアの顔だけか。

さっきみたいな、触れるだけのキスなら別にいいかも……。ふとそんなことが頭をよぎって、慌てて打ち消す。何を考えているんだ、オレは。

直前に顔を逸らすと、キスは唇の端に落ちた。

「クラウス」

「なんだよ」

「下心を持った男を部屋に入れるのは、もう了承の合図だと聞いた」

誰にだ、とは言えなかった。確かにそのとおりだ。そうしてそれを当てはめてみれば、ガルーアは下心を持った男だし、オレはそれに了承の合図を出したことになる。

気を緩めすぎたか……？　いや、だからといって拒否するのはオレの自由だ。

「キスくらい、さっきもしたじゃないか。もう一度くらい許してくれてもいいんじゃないか？」

見下ろすガルーアの顔が泣きそうに歪(ゆが)んで笑ってしまう。

本当にガルーアはそんなことで幸せにも不幸にもなるんだろうか。触れるだけのキスで、またあんなふうに幸せに蕩(とろ)けた顔を見せるのだろうか？

「キス……か」

ぽつりと呟いてしまった。

「いいのかっ？」

ガルーアの声が弾む。思わず、いいよと囁いてしまいそうになって慌てて言葉を止めた。けれど、せっかくオレが言わずに止めたのに、ガルーアはガッとオレの両頬を手で押さえる。

「待っ……！」

声が唇に吸い込まれた。

さっき、触れるようなキスだけで満足して花を降らせた男はどこへ行ったのだろう？押し入ってきた舌が、逃げるオレの舌を追い……絡んで……。

「んっ……」

覆いかぶさるガルーアの体をはねのけようとするけれど、ピクリともしない。わりと鍛えているつもりだが、ガルーアの胸板も思ったより厚くて……。

キスの角度が変わる。より深く重なって……息が苦しくなる。

「ん……っ、んんっ！」

身を捩るたびに、拘束が強くなる。両頬を押さえていた手は、いつの間にか頭の後ろと腰に回って……。いや待て。腰からどこに、手を……！

するりと腰骨を撫でた手が、太ももの内側にいきそうになって、慌てて足を閉じた。

これ以上はまずい、とガルーアの舌を甘く噛む。これでやめてくれればいいと思ったのに、それくらいではキスが止まらなくて……。

悪いと思ったが、今度は強く噛んだ。

錆に似た、血の味を感じて……ガルーアが傷を負ったことを知る。

「クラウス」

やっと唇が離れると、オレは荒い息を繰り返す。空気が足りない。何度も言うが、触れるだけのキスで幸せだと言った男はどこへ行った？

「夜まで待たないとダメか？」

「待ってもダメだ」

こういうことははっきり言わないといけない。雰囲気に流されたりしていてはずるずると……ダメだ。そういうのはよくない。

「では、愛しいクラウスを目の前にしていつまで待てばいいのだ？」

「あのな」

いつまで待てばいいという話じゃない。

「じゃあ、クラウスがいいと言うまで待つから、ちょっとだけ舐めさせてくれ」

「は？」

ガルーアの言葉にオレは固まった。

「舐めさせてくれるだけでいい。そうしたら、待てる」

どこを、と聞く前にガルーアの視線がオレの下半身に向けられていることに気がついて、ぞっとした。

いや待て。さっきキスをしようとしたときみたいな甘い雰囲気に持っていって、多少強引にいくならまだしも、こんなにまっすぐに舐めさせろと言われて頷く奴がいるか？　色々台無しにしすぎだろう。

「クラウス。私はクラウスが欲しくてたまらないのだ。やっと会えた。しかもこうして抱き合える体がある。クラウスが耐えろというならいくらだって耐えてやるが……その褒美が欲しい」

いや、それ全然耐えてないし。

「本来なら婚姻を結ぶまではと思っていたのだ。だが、そうではないと聞いては我慢ができない。先っぽだけでもいい。じゃなかったら、つけ根だけでもいい」

「あほか！」

思わず、手が出た。あの綺麗な顔を殴るのは心が痛んだので思い切り頭を叩いた。オレは優しいと思う。そのすぐ後に足も出て、ガルーアの体が近づいてこようとするのを阻止したけど。

「クラウス……」

泣きそうなのはこっちだ。

言葉だけで犯された気になってしまう。

「嫌われたくなかったら、今すぐここを出ていけ」

「クラウスが、私を嫌いに……だと？」

ガルーアの瞳が泳ぐ。それだけの発言をしたのだと理解してほしい。神殿の神官たちはガルーアにしっかり恋愛指南をしてくれればいいのに。

無言で扉を指さすと、ガルーアはふらふらと立ち上がる。

「出ていけば、嫌いにならないんだな？」

名残惜しそうにこちらを見るから、オレは否定も肯定もしない。

「クラウス」

「とりあえずは、だ。今はひとりにしてくれ」

ちょっと気持ちの整理をさせてほしい。いきなり舐めるとかはなしで。

厳しい顔をしてもう一度扉を指さすと、ガルーアは何度もこちらを振り返りながら部屋を出た。潤んだ瞳はまるで子犬のようだ。ちょっと罪悪感が……いや、ダメだ。ここで甘い顔を見せるわけにはいかない。

パタンと扉が閉まる音が響いて……。それとほぼ同時に、外から「雨だ！」「急に降りだした」と騒ぐ声が聞こえる。

そうか。幸せだったら花びらが降るんだから、落ち込んだときには雨くらい降る。

ベランダの向こうにさっきまで広がっていた青空はなく、どんより沈んだ色が見えて……。きっとそれはガルーアの心なんだろう。

天候の変化はいくら幻影の魔法でも説明がつかない。

ガルーアがもし本当に神様だというのなら、オレへの愛の言葉も本当だろうか？　そんな疑問が浮かんで……オレは大きく首を横に振った。

オレを愛していると言うガルーア。

顔は嫌いじゃない。綺麗だと思う。まっすぐに気持ちを伝えてくる姿勢も嫌いになれない。もし愛しているという言葉が本当なら……と、頭をよぎらないわけじゃないけれど。

「舐めさせろはないだろ」

がっくりと体から力が抜けて、オレは大きな溜息をついた。

「……ラウス、クラウス！」

窓の外で声がして、オレはゆっくり目を開けた。

寝台の上だ。ぐっすり寝ていたから、頭はまだ起きていない。昨夜は……ああ、そうだ。この部屋は食事も酒も無料だと言うから、ダッタとふたりでしこたま飲んでそのまま寝台へ……。服くらい、着替えておけばよかった。

ダッタは、いないな。手前の部屋のソファで寝ているのかもしれない。

昨日の朝も、外からオレを呼ぶ声がしたことを思い出す。

今日はいい寝台の上でぐっすり寝たからおかしな夢は見ていないけれど、窓の外から聞こえてくる声は無視しようと心に決めて再び目を閉じた。

「クラウス！」

声は消えない。昨日は二階の部屋だったけれど、今日は三階なので声は遠くてはっきり聞こえるはずないのに、やけに近い気がして首を傾げた。

頭が覚めてくると、他にも色々な音が聞こえることに気づく。

バサッ、バサッというやけに大きな羽の音。

もうそれだけで嫌な予感はしたのだが、宿の周囲で騒いでいるだろう人の声まで聞こえてくれば、認めざるをえなかった。

これは寝ていられない。

大慌てで布団をめくり、ベランダへ駆け寄ると勢いよくカーテンを開いた。

「嘘だろ」

そうして一度、カーテンを閉じる。

幻想だと思いたい。

朝の日差しの中、白馬のペガサスに跨がった黒髪の美形が笑顔でこちらに手を振っている光景なんて信じたくない。

「ああ、クラウス！　もう一度顔を見せてくれ！　私の愛し……」

そこでもう一度カーテンを開けた。

直接その言葉を聞きたいと思ったわけじゃない。その言葉を言わさないためだ。

「クラウス！」

弾んだ声に、頭が痛くなる。三階は遮るものもなくてペガサスも悠々と行き来できるようだ。オレの部屋のベランダの周囲をぐるりと回る様子に、下には人がどんどん集まっている。

幻影ではない。幻影であってほしかったけれど、ペガサスは本物だ。

「さあさ、みなさん朝食はまだだろう？　パンはどうだい？　美味い肉が挟んであるよ！」

下からは女将の声がする。どうやら集まっている人を相手に商売しているらしい。

「クラウス！」

ガルーアがもう一度オレの名前を呼ぶと、ベランダのガラス戸が勝手に開いた。

「クラウス、昨日はすまなかった。もう舐めたいなんて言わな……」

「わーっ、わーっ！」

オレは慌ててベランダに飛び出る。下には人がいっぱい集まっているのだ。そんな言葉を叫ばないでほしい。

「クラウス、許してくれるのか！」

駆け寄ったオレをいいように受け取ったガルーアが手を伸ばした。その手を取ろうとなんてしていない。ただ、調子に乗るなと軽く叩いてやろうと思っただけだ。

けれど、触れた手はぐっと握られて……。体が、浮いた。

「うわあぁっ！」

足がベランダを離れる。オレの体を支えるのはガルーアの手だけ……。

「こっちだ、クラウス」

その手が、力強くオレの体を引き寄せる。

「大丈夫だ」

すぐにオレの体は安定した。引き寄せられたオレはガルーアの両腕に守られるようにして……ペガサスに跨がっている。

「……っ！」

ペガサスに跨がっている。その事実をもう一度頭で反芻（はんすう）して、叫びそうになった。

ペガサスは馬具なんてつけていない。鞍（くら）も鐙（あぶみ）もなくて不安定な体をガルーアが後ろから支えている。

ばさりと耳元で大きな羽ばたきの音がした。

ぐん、と体を後ろに引かれるような感触と……それから、風。

一瞬で周囲の景色が変わった。

大きく空に舞い上がったペガサスは、たった一度の羽ばたきではるか上空へ……！

女神ラフィアの街が眼下に広がっている。建物が玩具のように小さい。

「すご……っ」

ばさり、もう一度音が聞こえるとまた風景が変わる。ガルーアの腕の中にいることも忘れて、オレはペガサスが羽ばたくたびに変わる世界に夢中になった。

「機嫌がなおったようでよかった」

ぎゅっと腰に絡まる腕に、オレはようやくガルーアの存在を思い出す。

「ちょ……近い」

「いいことじゃないか？」

「昨夜、飲んで……ちょっと酒臭いし」

そう言うと、ガルーアが首筋に顔を近づける。

「おいっ」

「大丈夫だ。クラウスの匂いならなんだっていい」

やっぱり酒臭いんだろうと思った瞬間、首筋にねとりとした感触があった。

「おいっ！」

ガルーアは後ろからオレの腰を支えている。ペガサスにふたりで跨がるこの状態では、逃げようもない。

「大丈夫。誰も見てない」

当たり前だ。ここははるか上空。いくら外でもこんなところを見られる人間なんていない。

「クラウス」

けれどここは空の上なんだ。しかもふたりで馬に跨がっている状態で。

「ちょっ……待て！　頼むから、待て！」

ガルーアがシャツの下から手を差し込もうとしてきて、慌てて押さえる。けれどその間も後ろからずっと首筋にキスを続けていて……。

「クラウス、愛している」

囁く声が甘い。その甘さに……ふっと力が抜けそうになって……ガルーアの手が、シャツの中に入り込んできた。

肌に直接触れたその手の熱さに、ぴくりと体が震える。

「待っ……」

「待っても、褒美は貰えないのだろう？　ならば待つ必要もない」

思い切り振りかぶった肘を後ろにぶつけると、ぐえっと声が聞こえた。

「ひどいな」

オレの体から手を離して……ガルーアは大げさに首を横に振る。

「ひどいのはどっちだ。何も反省してないじゃないか」

「反省？」

「昨日はすまなかったって……」

さっき、ガルーアはオレに謝ったはずだ。まあ、許した覚えもないけれど、悪いと思ったから謝ったんだろうと思っていたのに。

「あれはクラウスを怒らせたからだ。私の行為については反省などする余地はない」

しれっと答えるガルーアに、もう一度肘打ちをするべきかを悩んだ。

「ああ！　だが、ひとつだけ反省をしている。ああいうとき、許可を求めるものではないと聞いた。だから、舐めたいと思っても舐めたいとは言わな……」

よし。もう一回だ。そう思ったけれど、振り上げた肘が止められる。

「私に反省を求めるくらいなら、クラウスだって学習するべきだ」

「何を？」

「私がいつでもクラウスを欲していることを」

「それ……は……、うわっ」

ガルーアが後ろからぎゅうとオレを抱きしめる。

「一体、いつまで待てば触れていいのだ？」

咄嗟に答えが出ない。

オレはどうしたいんだろう？

「ま、まだ三日だ！　オレはガルーアを知って三日しか経ってない」

声がうわずった。

ガルーアを受け入れない言い訳を必死で考えようとしている自分が滑稽で……。けれど、オレにだってわからない。

「四日経てばいいのか？」

「ダメだ」

「じゃあ、五日か」

「違……っ」

「六日も待てというのか！」

いや、そこで声を荒らげる理由がわからない。ぎゅっと眉を寄せると、ガルーアがオレの肩に頭を乗せた。

震えている？

肩に感じる振動に不思議に思って横を見ると、ガルーアは笑っていた。

「いいな。こういうのも幸せだ」

笑いながらガルーアがオレの頬にキスをする。

ああ、もう。幸せだと言って笑うガルーアはキラキラしすぎていて困る。真っ赤になった顔を見せたくなくてオレは両手で顔を覆った。

「クラウス」

ガルーアの声にそっと顔を上げるとペガサスがゆっくり下降していくところだった。

どれくらいの距離を移動したのかはわからない。そこは切り立った山の中腹のようだった。岩に囲まれるようにして隠された空間。

ペガサスが降りようとしているその場所は、赤や白、黄色、紫。ありとあらゆる色の、ありとあらゆる花が咲き乱れる空間。生えている木にだって美しい花が咲き、風が吹くたびに花びらが舞い上がる。そんな現実感のない場所だった。

音もなく、ペガサスが地面に降り立つ。

中央には大きな湖。それを取り囲むようにしてたくさんの花が咲き乱れる。

「ここは……」

「ラフィアに泉があるのだから、私にも泉がある」

よくわからない理論だが、確かにそうだとしてもおかしくはない。

先に下りたガルーアが手を差し出してきたのを無視して自分で下りる。

オレが下りたのを確認すると、ペガサスはとんっとかろやかに地面を蹴って空へと舞い上がった。

「ガルーアの、泉……？」

泉と言っていいのかわからないくらいの大きさだ。湖だと思ったくらいだし。

近づいてみると、女神ラフィアの泉と同じように水面がキラキラと輝いている。触れてみると、そこから広がる波紋は、水面を覆うように生えた木々で見えなくなるまで続いていく。

「恋人と喧嘩したときには花だというから、急いで咲かせた」

振り返ると、ガルーアが両手にいっぱいの花を抱えている。

「ここは私の力の強い場所だからな。望むとおりに変えられる」

ガルーアが花をオレに差し出す。手を伸ばすと、花は……ガルーアからオレに渡される、そのほんのわずかの間にどんどん数を増していった。

「増え……っ？」

「ああ、花もクラウスに渡されたくて仕方ないのだろう」

オレが抱えるころには、もう受け取り切れない量になっていて……手からこぼれた花が、花びらになって舞い上がりオレとガルーアを包み込む。

「嘘みたいな光景だな」

「気に入ったか？」

手の中の花たちも自然に舞い上がり、花びらの一部となってくるくると周囲を取り囲んだ。やがて空気に溶けていくように消える花たちは一体どこへ行くのだろう？

「やっぱり花なのだな」

ガルーアはひとりで頷いているが、花というよりはこの光景に圧倒されたからで……。

この光景は人に作り出せるものではない。

そう思うと、目の前にいるのはやはり本人の言うように……。

「嘘はつけないいんだったっけ？」

「ああ。愛している。クラウス」

ペガサスも、花も、泉も……。この体を取り巻くキラキラしたものも……。それからその言葉も。

全部が本当かもしれないと思うと、急に周囲が眩しくなった気がして目を細める。

「よし。では朝食にしよう！」

ガルーアの声にハッと我に返った。現実に引き戻されたような気がする。危ない。雰囲気に流されるところだった。

「朝食？」

「宿の女将に作ってもらったのだ。食べやすいようにパンに挟んでもらったぞ」

ガルーアが取り出したバスケットには紙でくるまれたパンらしきものがある。ああ、これはきっと、さっき宿の前で売っていたものと一緒だなと想像がついた。

「パン、温めてくれよ」

「任せろ」

ふたりして花畑の中に腰を下ろす。オレが手に取る前に、バスケットの中に小さな雷が落ちてパンがホカホカになった。

「便利だよなあ」

「そうだろう。だからそばに置いておくといい」

まるで自分のことを便利な道具かのように言うガルーアに笑ってしまう。

ふたりで朝食を食べていると、ときおり花びらが降ってくる。それがガルーアの気持ちを表しているようでなんだか気恥ずかしかった。

午後になり、街に戻ると……わりと大騒ぎだった。

幻獣であるペガサスが現れた、それに乗っていたのは戦いの神ガルーアの化身だという噂が駆け巡っている。

そうだよなあ。朝、早かったとはいえ今日は派手だった。

昨日の朝にもペガサスは姿を現しているし、ガルーアもガルーアであるということを隠そうともしていないし。

「あっ、ガルーア様だ！」

小さな子供がガルーアを指さして叫ぶ。

「ガルーア様、雷出せるの？」

「ガルーア様、空飛ぶお馬さんは？」

あっという間に子供たちに取り囲まれたから、オレはガルーアを置いて宿に戻った。ガルーアは子供たちを無下にできずに丁寧に対応していたので、そう簡単に抜け出せないだろう。

遠くで、ペガサスだと騒ぐ声が聞こえた。ガルーアが子供たちの要求に応えてペガサスを召喚したのかもしれない。

「……」

宿に戻ると、食堂では難しい顔をしたグイードが座っていた。

まあ、パッと見ただけではいつもと同じ顔だ。けれど、長年一緒にいるオレには、今のグイードがとてつもなく不機嫌だということがわかる。

オレをフラウの部屋から追い出して、関係を詰めようとしたんじゃなかったのか？

きょろきょろと周囲を見回してみるが、フラウの姿がない。だいたいグイードにべったりのはずなのに珍しい。

「フラウは？」

グイードが不機嫌で、フラウがいない。

グイードが何かやらかしてなきゃいいけどと思いながら、グイードの真向かいに座った。

「……部屋で寝ている」

簡潔な答えに、ちょっとだけ驚いた。

そういうところまで進んだのかと。フラウが部屋で、ただ寝ているだけならきっとグイードは「知らん」と答えただろう。自分に関係のないことだからだ。けれど、部屋で寝ていると答えたということは、それにグイードが絡んでいるということ。

「じゃあ、なんでお前、そんなに不機嫌なんだよ」

「フラウは体力がなさすぎる」

その答えに噴き出した。

確かにフラウは細いし、魔法使いだし、体を全然鍛えていない。グイードと同じ体力ではない。

「お前が鍛えてやればいい」

「……」

ちろり、とグイードがこちらを見る。首を傾げると、グイードは表情を変えずにオレに聞いた。

「受ける方はやはり辛いのか？」

色々な衝撃が走る。

まずはグイードが誰かを気遣っている点。

それから、オレが受ける方だと思っている点。

「あの神様もどきも、しつこそうだから」

「……」

「お前で、何回くらい受けられる？」

「……グイード」

「ああ、悪い。また今度」

オレが文句を言おうとしたとき、女将がトレイに食事を乗せてやってきた。トレイの上にはふたりぶんの食事がある。

それを受け取るグイードを見て、オレはぱかりと口を開けた。あのグイードが食事を運ぶ？　そんな優しさがあったなんて驚きだ。

「神様もどきを真似してみることにした」

グイードの声音は変わらない。普段とまったく同じような態度で、受け取ったふたりぶんの食事を運んでいく。

まあ、ふたりが上手くいったんなら何よりだ。

その後ろ姿を見ながら、オレはほっと息をつく。

そうして、この街に滞在しているうちに、パーティの今後について話し合わなくてはならなくなったなと思った。

「クラウス、置いていくなんてひどいじゃないか」

昼食を食べ終えたころになって、ガルーアが宿にやってきた。いや、オレの方が言いたい。いったい、どれだけの時間、子供たちにつき合ってやっていたのだと。

「ほうっておけばよかったのに」

「仕方ないだろう。子供たちの笑顔にはかえられない」

まあ、そうかと思う。子供たちの笑顔と言われれば仕方ないとしか言いようがない。

「昼飯、食べるか？」

疲れているように見えるガルーアに、思わず優しい声をかけてしまった。

「クラウスは？」

「オレは食べた」

「ならば必要ない」

ちょっと意味がわからなかったけれど、必要ないと言うのに勧めるほど母性は強くない。

「じゃあ……」

オレはふと言葉を切った。

じゃあ、って。

オレは何を言おうとしたんだろう。

じゃあ、これからどうする？　そう聞こうとした気がする。ガルーアとどこかに行く約束をしたわけじゃない。それなのにどうして一緒に行動するのが前提のようなことを言おうとしたんだろう？

慌てて首を横に振って立ち上がる。

「オレ、今日は武具を研ぎに出すから」

そうだ。もともと穢れを落とした後はそうする予定だった。これぱかりは個人で気に入りの店があったり、武具によって持っていく店が違うのでみんなのぶんをオレが持っていくということにはならない。

「研ぎ？　クラウスの武具なら私の眷属に手入れさせればいい」

「え？」

眷属……って、神殿にあったあの石像のことだろうか？

「眷属は武具の数だけいるが、その武具を司る眷属の像の前に置けば、半日程度で加護が宿り、輝きが増す。まあ私が命じれば十分程度で終わるだろう」

なんだ、その時間短縮は。

でも、ガルーアの神殿にそういう効果があるなんて知らなかった。知っている人はいるんだろうか？　本当にそうならもっと有名になっていてもいいのに。

「あれだ。眷属の数が多すぎて、武具の眷属を探すのが大変なのと、半日の間そこに放置することで盗みが多いこと、あとは手入れを行う職人の仕事を奪わないためとか色々あって廃れた」

面倒なことだらけだな、おい。

でもまあ、十分で済んで無料だというのなら試してみるのもいいかもしれない。

武具を持ってガルーアの神殿に着いたオレは、もう後悔していた。

オレの武具は、長剣と短剣二本。小さめの弓矢。兜(かぶと)と胸当て、籠手(こて)と膝当てくらいだ。

剣も魔法も使うので重い武具は少ない。

だがそれでも七種類ある。

ずらりと並ぶ石像から、七種類を探す。

それがどんなに面倒なことか考えてもいなかった。

「剣はこっちだな。短剣は向こう。鞘(さや)は……」

「え、鞘は別なのか?」

「別にしなくてもいいが、その方が効果がある」

そう言われると別に置かなければいけないような気がしてくる。オレは剣を上段に構える石像の前に抜き身の剣を置いて、今度は鞘を……。

「あれ？　ここではなかった」

　ガルーアに連れてこられた場所には鞘を持った石像はいなかった。それならもう、最初に剣を置いた場所に一緒に置いてしまおうかと思ったが……すでに場所がわからなくなりそうだ。

「そりゃあ、この文化は廃れる」

　こんな状態で半日？

　置いた場所もわからなくなるに決まっている。

「あのう、手伝いましょうか？」

　後ろから聞こえた声に振り返ると、グルがいた。そしてその後ろに同じ神官服を着た神官が四人。全部で五人だ。ガルーアの神殿の神官が揃っている！

「一応、眷属様たちは手入れもしているのでどこにどの眷属様がいらっしゃるのかわかりますので」

　それは心強い。ガルーアよりもよほど頼りになりそうだ。よろしくお願いします、と頭を下げたのは言うまでもない。

「長剣なんかはわりと見やすいところにあるんですが、この形の胸当ては手前の眷属様と間違えそうになるんですよねえ」

　大きな体を窮屈そうに丸めながら、胸当てを運んでくれる神官。というか、似ているようで違うものもあるのか。つまり間違えれば半日待っても、加護が宿らないこともある。これはやはり廃れるべくして廃れたなと思う。

だが、五人の手にかかれば配置は早かった。

それぞれの武具を置いてから、ガルーアが片手をあげると、オレの武具を置いた場所の石像がほんのり光を放つ。オレのために急いでくれているのかと思うと、その光が愛おしい。

「ではしばらく待つ間、お茶でもいかがですかな」

五人の神官のうち、一番年長の神官が言った。年齢は六十歳くらいだろうか。白髪交じりの短い髪に、少し曲がった腰……。きっとこの人が神殿長だ。こんな人に、あの重い扉を開けさせていたのかと思うと辛い。辛すぎる。

「じゃあ、あっちで準備してきま……」

グルが元気に走っていこうとしたときだった。

「なんの騒ぎだ！」

野太い声が、入口から響いた。

そこにいたのは四十代くらいの、白い神官服を纏った男だ。大きなお腹をゆすりながらこちらへ歩いてくる。男の後を追うように、三人ほどの神官もともにいた。

「眷属様に武具の手入れをお願いしているところです」

神殿長が柔らかな声で告げる。

「ふん。そんなものがまだあるものか。ガルーア神を名乗る不届きな男を出入りさせていると聞いたぞ。信者を集めるために、そんな詐欺紛いのことまで始めたのか！」

戦いの神ガルーアと女神ラフィアは兄妹神だ。いくら人気に差があっても、それぞれの立場は対等なはずなのに、神殿長に向けて横柄な態度をとるなんて。

「女神ラフィアの神殿の神官です。元は貴族なので地位は高いのですが、他の神官たちに横柄な態度をとるので、あちらでも嫌われている方々なんです。こっちで憂さ晴らししてるんですよ」

グルがこっそり耳打ちしてくれた。元は貴族ということは、大方寄付金が多くて無下にはできないのだろう。だが、それにしても他の神殿の神殿長に向けてあんな態度をとっていいはずがない。

「ガルーアはここで神だとは認められていないのか？」

小さく問い返すと、グルが唇の端を上げた。

「向こうの神殿長とは話がついていますが、あの方たちはそんな重要なことさえ知らない程度の者です」

けっこう言うものだ。グルも普段から向こうの神殿に駆り出されて色々溜まっているのかもしれない。

「こそこそと何を話しているっ！」

「……お前たちがどれだけ偉いんだって話をね」

思わず、口から嫌味が出た。いや、誰だって見過ごせないだろう。

「なっ、お前は誰だ」

「誰でもない。ただの冒険者だ」

「冒険者風情が口をつつしめ！」

オレに怒鳴りつけたのは、男の後ろにいた神官たちだ。

「ここへは誰の許可を得ている！」

「すぐに立ち去れ」

続く言葉は勝手なものだ。どうしようかと思っていると、ガルーアがオレの肩に手を置いた。

見上げると、オレが知る腑抜けた顔のガルーアじゃない。

奥にある像と同じ顔のガルーアがそこにいた。

「私が招いているのだ」

低い声に男たちが怯む。

それほど大きくない声なのに、不思議と腹の奥に響くような声だった。

「去るのはお前たちだ。二度とここへ入ることは許さない」

ごうっ、と風が吹いた。

奥から、入口へ向けて……吹くはずのない風が男たちを吹き飛ばす。

「え？」

その風はオレやガルーアの神官たちには影響を及ぼさなかった。風が吹いていることははっきりとわかるのに、男たちが吹き飛ばされてもオレたちは髪の毛さえもそのままだ。

「うわあっ」

「こ、これはっ！」

声を上げながら男たちが入口からはじき出されて……それと同時に扉がばたんと大きな音を立てて閉じられる。

急に光が入らなくなった神殿では……、石像たちのこぼす光がより鮮明に見えて、幻想的だった。

「あ、お茶！　準備しそこねました！」

グルが大きな声を上げる。

「今、出ていったらちょっと面倒ですよね」

「大丈夫だろう。わりと遠くまで飛ばしたぞ」

ガルーアが軽く手を振ると、また扉が開いていく。その向こうにさっきの騒がしい男たちはいない。

「……どこまで？」

オレが聞くと、ガルーアは肩を揺らして笑った。

「じゃあ、今度こそお茶を準備してきます！」

「いや、その必要はない」

グルが出ていこうとしたのを止める。

「終わったようだ」

石像たちの放っていた光が徐々に弱くなっていく。

必死にその光っていた場所を覚えようとしたオレは間違っていない。光が消えた瞬間に場所がわからなくなってしまいそうだった。

なんとか武具を回収し終えて、神殿を出るころには周囲は暗くなっていた。

武具を置くときは、武具を目印に眷属を探して置いていったけれど、いざ回収となると何を置いたか覚えていない神官もいたからだ。やはりあの年老いた神殿長に仕事を任せるのはよくないと思う。

結局、並べるのと回収とで時間がかかって半日は経ってしまったように思う。

無料とはいえ、この労力はきつい。廃れるのも仕方ない。

ペガサスで送る、というガルーアを必死に振り切って宿に戻った。あのペガサスなら夜でも光を放って目立ちそうだ。

ガルーアはついてくるのかと思ったが、何やら神官たちと話があるらしい。まあ、あれだけ派手に女神ラフィアの神官を吹き飛ばしたのだ。色々あるだろう。

宿に着いたオレは、無料だという夕食をまた下の食堂で食べた。ダッタは知り合いに会ったらしく、別の店で食べるといい、グイードとフラウは部屋から出てこなかったのでひとりだ。

ひとりの食事は久しぶりだなと感じて……。

わずかに感じた寂しさに首を傾げる。

ひとりの食事が寂しいだなんて思ったことはなかった。むしろ、その方が自由でいいはずなのに。

「騒がしすぎたかな」

冷めたパンに手を伸ばして思い浮かべるのは、このパンをすぐに温めてくれる男のことだ。

ふっと頬が緩みそうになって、慌てて表情を引き締める。この数日が楽しかっただなんて思っていない。騒がしくて疲れただけだ。

「そう。そうに決まっている」

愛しているなんて大声で叫んで、空気をキラキラさせて、花びらまで降らせて……。

日常が寂しいと錯覚するほどに、ただガルーアが騒がしいだけなのだ。

「また明日もあのお騒がせな神様はペガサスに乗ってくるのかねえ？」

女将に聞かれて、オレはぴくりと頬を引きつらせる。

ほら見ろ。オレだけじゃない。

寂しいと感じてるのはオレだけじゃないいんだ。


『クラウス』

甘く名前を呼ぶ声に目を開けると、そこはいつか見た夢の中と同じ、白い空間だった。

オレは両手を上に、白い靄に捉われて、裸のままで……。

これは、前回の続きか？

『続きかもしれないし、続いてないかもしれない』

うつむいたガルーアの表情はよく見えない。顔を見たいと思うけれど、何故か目を凝らしても見えなくて……。

「ガルーア？」

名前を呼んでみる。けれどガルーアはそのままオレの首筋に顔を埋めた。

ちろりと舌が這う感触に、ぴくりと体が震える。

ガルーアの申し出を断ってばかりだから、オレは欲求不満なのか？　だからこんな夢を？

いやいや、かといって舐めさせろに頷くわけにもいかなかった。ペガサスに乗ったまま、あれやこれやをさせるわけにも……。

『舐めるのがダメなら、触れさせてくれるだけでもよかったのに』

「あっ」

声が上がったのは、ガルーアの指先が胸の尖りを掠めたからだ。

『気持ちいいか？』

親指の腹で転がすように刺激されて、乱れそうになる息を……ぐっと奥歯を噛んで耐える。舐めさせろとか触れさせろとか、発言がおかしい。

『可愛い。クラウス』

もう片方の尖りにも、手が……触れ……。

両方を同時に弄られて、ぎゅっと目を閉じた。

「……っぁ……」

そうすると余計に強く感じる刺激に、思わず声を上げてしまう。

『愛しいクラウス。もっと感じて』

片方の指が、舌に変わった。

「ああぁっ」

ぬるりとした感触が何度もそこを刺激してオレは身を捩らせる。

気がつくと、白い靄が太ももに纏わりついていて……。大きく開いた足に、ガルーアが体を滑り込ませる。

「あっ、あああっ！」

ガルーアの太ももが、固くなり始めたそこに触れた。柔らかく押されて、オレは首を大きく横に振る。

『早く現実でも触れたい』

熱い息を耳元に吹きかけられて……、オレは……。

「最悪だ」

寝台の上で、頭からシーツを被ったオレは丸くなったまま体の熱が引いていくのを待っていた。

頭の中では、さっき見た夢が永遠に繰り返される。オレのものは完全に固くなっているけれど……。抜いてしまうのは悔しくて、なんとか治まらないかとただじっとしている。

「最悪だ」

そんなにオレは欲求不満が溜まっているのか？

舐めさせろというのを断ったから、あんな夢を？

つまりオレはガルーアとそういうことをしたいと……？

「……」

否定しようとした言葉が、喉から出てこない。

冷静に考えてみると、ガルーアは自称神様だなんて痛い奴ではあるけれど、かなりの腕の魔法使いであることは確かだ。空気をキラキラさせたり、花びらを降らせてみたりは誰でもできることじゃない。

ものすごく整った顔立ち。

鍛えた体。

もし、最初からあんなに強引ではなくて……、スマートに誘ってくれていたなら……一度くらいは誘いに乗っていただろう。というか、乗らない奴はいないはずだ。

オレが断ってしまうのは、ガルーアがあまりに本気すぎて……軽く受けるには申し訳ないと思うからで。

「考えてもみろよ」

オレとガルーアでは外見からして釣り合わない。

身分も、能力も何もかも。

受け入れたところで、いつかは別れが待っている。

それなら遊びで割り切りたいのに、あんなに真剣に愛していると言うから……。

「受け取れるわけ、ない」

笑って拒絶できるうちに諦めてくれればいいのに。

そう思いながら……オレは、固くなった自分のものに手を伸ばす。

もう片方の手は、夢の中のガルーアが触った胸の尖りに。そっと親指で触れると、まるで本当にさっきまでガルーアが舐めていたみたいに乳首が尖っていて……。

「あ……」

少し動かすだけで、びりびりと刺激が走る。

『可愛い。クラウス』

声を思い出すと、自分のものに触れた手が……ガルーアのもののような気がして。

先端からこぼれる蜜が汚していく手が、もしあいつのものだったら。

「く……っぁ」

ぞくぞくと体を駆け巡る快楽が、もし……。

想像して、ぎゅっと目を閉じる。

『愛しいクラウス。もっと感じて』

両方の手の動きを速めて、ただ快楽を追う。

耳元にかけられた熱い息を思い出して……。

「……っ」

それを握っていた手に、どろりとした感触を感じて、オレは我に返った。

「最悪だ」

起きてから何度となく繰り返した言葉を、また呟く。乱れた息を整えるために大きく空気を吸い込んで吐き出した。

もぞもぞとシーツから顔を出して、サイドテーブルの上に置いてある布を取った。本来は朝、起きてから顔を洗うためのものだ。顔も洗いたいのだが……、今は優先して綺麗にしておかないと、いつガルーアがやってくるかわからない。

そうだ。ガルーアが、来る。

あいつは毎朝来るつもりで朝食を用意させているのだから、今日だって普通にやってくる。

「どんな顔して会うんだよ」

大きな溜息をついて、オレは再びシーツを頭から被りなおした。

結論から言うと、その日の朝、ガルーアは宿に来なかった。

どういう顔をするべきかずっと悩んでいたオレは、肩透かしを食らう。いいかげん、昼に近い時間になって、宿の人から「朝食は作ってあるんだから食べてくれよ」と言われてオレは階下の食堂に下りた。部屋に運んでもらうこともできたが、あの広い部屋でひとりで食べるのはなんとなく味気ない。

下りてから、食堂の空気がなんだか淀(よど)んでいることに気づく。

フラウが泣きそうな顔で昼飯を口いっぱいに入れている。目が合うと、殺されそうなくらいの鋭い視線が飛んできた。

グイードは……。

離れた席にいるグイードを見て、なんとなく察した。グイードの頬が腫れている。何かやらかして、こじれているようだ。昨日はいい感じに纏まったかと思っていたのに。

グイードは昔から言葉が足りない。夢見がちなフラウに惚れているのなら、フラウに合わせてやればいいのに、自分で思うとおりにしか動かないからああなるのだ。

オレはダッタが座っているテーブルの椅子を引いた。ダッタが肩を竦めてみせるのは、もうフラウとグイードを取り持とうとして失敗した後なのだろう。

ダッタが失敗しているなら、オレがどうこうできるものではない。そもそも恋愛事に他人が口を出すのは失敗の元だ。

「何が、どうしたって？」

けれどふたりがああなっている原因は気になる。それが他人の恋愛というものだ。

ダッタは小さな声でオレに耳打ちする。

「どうやら、フラウの体力では回数がこなせないらしくて……」

ああ、それは昨日グイードも言っていた。

「それで、グイードの馬鹿がつい口走ってしまったらしい」

「何を？」

「クラウスならもっと」

がたん、というのはオレが椅子から転げ落ちそうになった音だ。

なんだそれ。最悪だな、おい。オレまで巻き込みやがって。

そりゃあ、フラウがオレを殺したいと思うわけだ。きっとグイードは単純に体力があるからというのでオレの名前を出したんだろうが、フラウにしてみれば比べられたと怒るに決まっている。

色々と弁明したいことはあるが、これはオレが下手に動くと火に油を注ぎそうだ。

グイードが助けを求めるような目をこちらに向けているが無視だ、無視。というか、よくオレにそんな視線を向けられるものだ。

「グイード、能力が高いくせして馬鹿だよなあ」

これを笑えるダッタは、人生経験が豊富すぎると思う。

「それより、お前の方は？　今朝は来なかったみたいだが」

誰のことだ、と言いかけてやめた。

「うるさい」

それだけを言うと、ダッタは肩を揺らして笑う。

「いや、オレは心配していたんだよ。クラウスはグイードの顔を見慣れているからな」

「それが、何？」

「あ？　自覚もなかったのか。お前、かなりの面食いだろう」

そんなつもりは……と言いかけて押し黙る。グイードと比べているわけじゃない。そうじゃないけれど、あれが常に隣にいることでオレの基準はおかしくなっていたのかもしれない。

「グイードとフラウ。それからお前も……よかったなあ」

よくない。

よかったとされることが、よくない。

ダッタはオレの顔を見てまた笑うと、昼食を再開した。今日の昼食は焼き魚のようだ。おいしそうだが、オレの前に置かれるプレートには、今朝ガルーアが来なかったせいで微妙な時間になってしまった朝食のメニューが並んでいる。

パンが冷えている。野菜が多い。飲み物がミルク。

色々と不満はあるが、無駄にするわけにはいかないので仕方ない。もそもそと食べ始めたとき、宿の扉が乱暴に開かれた。

「すまない、クラウス！　すっかり遅くなってしまった」

バタバタと走り込んできたガルーアは、オレが食べているパンを見て、眉を寄せる。

「クラウスのパンは私が温める！」

手を差し出すから、その上に乗せるといつものように小さな雷がパンの上に落ちて、パンがホカホカと湯気を上げた。

それに慣れ切ったオレは随分とガルーアに飼いならされている気がする。

「おいおい、便利だな。オレのも頼むよ！」

ダッタが自分のパンを皿ごと差し出す。ガルーアはオレにパンを渡すと、腕を組んでダッタを見下ろした。

「信心が足りない」

「おう、そうか！　じゃあ、今日もいいことがありますように！」

ダッタがガルーアに向けて手を組んで祈りをささげると、ガルーアは少し顎を上げた。

「よかろう。クラウスの友人の祈りだ。特別だぞ」

ぴん、と指を弾く動作をするとダッタのパンにも雷が落ちる。それでいいのだろうか？

「あー、いいな。ガルーアさん、ここにも！」

「俺も！　怪我が早く治りますように」

「こっちも！　うちの母ちゃんの健康祈るから！」

宿の食堂に、適当な祈りの言葉が飛び交って……。

「仕方あるまい。クラウスと同じ宿であることに感謝するがいい」

ふわり、とガルーアの周囲の空気が動いた。

ガルーアが指を鳴らすと、小さな雷が食堂のいたるところに現れる。

ささやかな奇跡にどよめきが起き……。間違いなく能力の無駄遣いではあるのだが、多くの笑顔にガルーアが満足そうに頷いた。

それでいいのか、神様。

温かくなったパンを食べながら、あれだけの数の小さな雷を操るには一体どれだけの能力が必要なのだろうかと考える。きっとどこかの国に仕える魔法使いにだって難しい。

「大安売りだな」

「幸せは皆でわかち合うものだ」

オレの横に椅子を移動させて座る。ホカホカのパンを食べるオレを見る顔は緩んでいるが……。これが、ガルーアの幸せなんだろうか。

「そんな偽物っ、みんな信じてなんかないよねっ！」

笑い声を掻き消すようにフラウが叫んだ。

ああ……。落ち込んでいるフラウの前で騒ぐのはよくなかった。今のフラウにはオレが関わるものすべてが憎いだろう。

「こんなのが神様なわけないでしょう！　小手先の魔法で騙されないで」

「フラウ」

なだめようと立ち上がりかけたオレの肩にガルーアが手をかける。

「私が神であることは信じる者だけが信じればいい。信じないというのであれば、黙って去ればいいだけのこと」

「そんなこと言って、何を企んでるかわかったものじゃない！」

「私が何かを企んでいたところで、信じないお前には関係のないことだろう。それともお前は騙されるすべての人間を見ていられなくて無償で手を差し伸べるのか？　それこそ神のようだな」

からかわれて、フラウがカッと頬を赤く染めた。

「フラウ、落ち着けよ」

ダッタが席を移動して、フラウの肩を叩いて座らせる。納得はしていなさそうな顔だったが、ダッタならなんとかなだめてくれるだろう。けれど、そういうときはお前が動くべきだグイード……。

残念な視線をグイードに向けて溜息をつく。グイードはウロウロと視線を彷徨わせていた。オレにしかわからないくらいの範囲で動揺している。使えない男だ。

「フラウも悪い奴じゃないんだ」

「ああ。子供はああいうものだ」

ガルーアにとって、フラウは子供らしい。まあ、間違ってはいない。

「今日は、どうして遅かったんだ？」

オレが尋ねると、ガルーアはきゅっと眉を寄せた。そんな顔も美形は様になる。

「うるさい輩がまた現れたのだ。私を偽物だなんだと騒ぎ立てて」

「……」

ぴたりとパンを食べていた手が止まる。

ガルーアは神だと名乗っていて、神殿で寝食をお世話になっている。そりゃあもちろん、その真偽を疑う者は出てくるだろう。むしろ、本物の神様と認められることの方が不自然なくらいだ。

「クゥをこちらに寄越せと騒ぐから召喚せずに歩いてきた」

クゥってなんだっけ、と考えてからペガサスの名前だったことを思い出す。そうだ。名前をつけたから翼が生えたって言ってたっけ。

「ラフィアの神官はラフィアと同じでわがまますぎる」

まあ、ペガサスなんて幻獣が目の前にいたら神殿としては欲しいよなあ。その存在があるということだけで神殿の威厳が増す。金が集まる。

「本物ならあれをしろ、これをしてみせろとうるさいから、纏めて街の外へ放り出した」

街の外へ……？

「どうやって？」

また風で吹き飛ばしたんだろうかと首を傾げると、ガルーアは手のひらを上に向けた。

「こうして」

ぽんっ、とガルーアの手のひらの上にシャボン玉のような球体が現れる。

「結界を作って、奴らを放り込んで……」

ガルーアが手を動かすたびに、球体が大きくなったり、小さくなったりする。これが本当に結界であるかはわからないが、大きさは自由に変えられるようだ。

「蹴った」

その言葉で思わず笑った。

「そんなすごい魔法出しておいて、最後は物理か」

結界に閉じ込めて蹴るなんて初めて聞いた。力技がすぎる。

「よかった」

「何が？」

「クラウスが、笑った。表情が硬かったから心配したぞ」

ガルーアの言葉に、少し動揺する。

誰のせいだと……！　ガルーアのせいであんな夢を見て……。そのうえ、起きてから

……、あんなことを。

ガルーアがみんなのパンを温めたりして騒がしかったから、頭から追い出すことができていたけれど、思い出すとガルーアの顔をまともに見られない。

「クラウス？」

ああ、まずい。

オレの名前を呼ぶ、甘い声にそう思ったときだった。

「見つけたぞ！」

突然乱入してきた声に振り返ると、白い神官服を纏った集団がいた。

昨日の男が中心となっているようだが、こちらへ向ける視線には強い敵意を感じる。

「貴様ごときがガルーア神を名乗るとは、不届きだ！」

「……」

ガルーアはオレを背中へ隠すようにして立つと、ゆっくり腕を組む。

「またあの人たち？」

「クラウスが気にすることではない」

いや、オレだけじゃなくここにいる全員が気になっていると思うが。

「あのような小手先の魔法で神を名乗るなど！」

自己紹介のように蹴り出されたことを認める男を呆れて見つめる。小手先の魔法で結界に人を閉じ込めることができるなら、オレにも教えてほしいくらいだ。

「ちょっと、騒ぐんなら店の外に出ておくれよ！」

厨房から怒鳴り声が響いて、ガルーアは男たちの方へ向かって歩きだした。

「や、やるか？」

少し怯えた様子で拳を構える男たちの横を通り過ぎて、ガルーアは店の扉を開ける。

「ど、どこへ行く！」

「女将の声を聞いていなかったのか？　外だ」

ガルーアはオレが泊まっているというだけで、この宿に敬意を払ってくれているようだ。

ガルーアと神官たち、オレと見物を決め込んだ客たちはほぼ全員で店の外へ出た。いつの間にかフラウも横にいる。

「き……っ、貴様が本物だというなら、これを浄化してみせろ！」

これ、と言って差し出してきたのは黒い石だ。

オレたちが何日か前に浄化した武具とは比べものにならないほどの穢れを溜め込んでいるのが遠くからでもよくわかる。あんなもの、触れたくもない。

「おい、あれ……封印石じゃねえか？」

ぼそりと誰かが呟いた。それから周囲のざわめきが大きくなっていく。

封印石というのは、その名のとおり、討伐できないほどの力を持つ魔物を封印した石だ。

噂には聞いたことがあるけれど、オレも実物を見るのは初めてだった。

「あれが？」

「ああ。普通の穢れじゃあ、あそこまで……」

冒険者が多いこの宿でも、実際に封印石を見たことがある者は少ないらしい。それもそうだ。万が一にでも封印が解かれれば、魔物が解き放たれる。封印石は神殿の奥に厳重に保管してあるもののはず。

「貴様が本物だと言うのなら、浄化など造作もないはず！」

神官が封印石を得意げに掲げるのを見て、何人かが宿の中に消えていく。そうして戻ってきたその手には武器が握られていた。もしもの危険に備えたのだろうが……。そうまでして見物したいものだろうか。

「……」

ガルーアは冷めた目で神官たちを見つめて……。

「嫌だ」

はっきりと告げた。

「え？」

思わず聞き返してしまったのはオレだ。ここは浄化でもなんでもして力を見せつけるものだとばかり思っていた。

「私の力は見世物ではない」

いや、待ってくれ。さんざん、キラキラとか花びらとか出しておいてそれを言うのか？　加護をと求められて気安く返していたし、さっきはパンだって……。

「見せてやれよー」

そんな声を上げるのは、宿の食堂からついてきた客のひとりだ。

「そうだ。ガルーアさんならそんなの一瞬だろう」

いくらガルーアだって、あんな真っ黒な封印石を浄化するのは難しいんじゃないか？

「私の力は私を信じる者たちに。それ以外の者など、知らん」

ようは……この人たちがガルーアを信じていないから、力なんて見せてやるものかってことだな。うん。まあ、確かに否定的な相手にわざわざ証明してやる必要などないけれど。

「都合のいいことを！　お前なんてただの詐欺師だろう！」

後ろから聞こえた声に振り返ると、フラウが神官たちに向かって走っていくところだった。

「おい、待てフラウ！」

ダッタがフラウのそばにいたはず、と思って確認するけれどちょうど宿の中から出てくるところだった。ダッタも武器を取りにいったん、中に戻っていたらしい。

あ、と思うよりも早く、フラウが神官から封印石を奪い取ってしまう。

「浄化よりも手っ取り早く、あの男の力を知ることができる方法があるじゃないか」

「フラウ！」

フラウが封印石を大きく掲げる。

まずい、と思った。

何が封印されているかはわからない。けれど、あれを持ち出してきた神官たちも真っ青になってフラウを止めようとしている。

見物を決め込んでいた者たちのざわめきも大きくなり、宿の中に戻ろうとする者や止めに行こうとする者で小さな混乱が起きた。

しかし、彼らの手が届くよりも早く……フラウは封印石を地面に叩きつけた。

地面に当たるその瞬間、パリンと何かが壊れた音がした。

ぶわりと広がる黒煙に思わず目を細めて……。

それが空へと立ち上るのを見た。

「嘘……」

フラウの小さな呟きが聞こえた気がする。

「くっ……」

強い風に逆らって必死に目を開ける。吹き荒れる風の中心にいるのは、細長い蛇のような胴体。

「り……竜？」

初めて見た。

青く澄み切っていた空が一瞬にして真っ黒な雲に覆われる。

石が叩きつけられた場所から、暴風が広がり、周囲をなぎ倒そうとする。

ぺたりとその場に座り込んだフラウに慌てて近づいて、立たせる。こんなところで座り込んでいては命だって危ない。

封印石を持ってきた神官たちが風に吹き飛ばされて、隅に並べてあった樽にぶつかるのが見えた。ざまあみろ。

「嘘、竜だなんて。僕……」

「フラウ、早く逃げろ！」

ぽつりと水滴が落ちたと思ったら、一瞬にして大雨になる。まるで嵐だ。

「クラウス！　こっちだ」

声を頼りに足を進めると、嘘のように嵐がやんだ。いや、やんでない。オレとフラウ

……それからガルーアの周囲にだけ、薄い円形の膜ができている。

「結界？」

「ああ。ひとまずこの中にいれば安全だろうが……」

ガルーアが眉を寄せるのは、周囲から叫び声や悲鳴が絶えないからだろう。

「この体では、これ以上大きな結界は無理だ。クラウス」

「何？」

「しばらくこの体を任せられるか？」

「は？」

「体を抜ければ、ある程度本来の力を使えるだろう。だが、この体は地上と私の魂を繋ぐ枷（かせ）なのだ。壊れてしまえば私は天に戻るしかなくなる」

「どうしろと？」

「微量でも、神の力が流れていれば肉体は保持できる。できるだけ、この体にお前の神聖力を流してくれていればいい」

できるだけ……って言っても、オレの神聖力はほんのわずかだ。それを流し続けろといわれても……。

「頼んだぞ」

こちらの答えも聞かずに、ふいにガルーアの体が崩れ落ちた。慌てて支えようとするが、まるで人形のように力が入っていない。そればかりか、顔色がどんどん白く……。

「うわああ！」

慌てて神聖力を送ると、少しだけガル－アの体が光った気がした。

申し訳ない、と思いながら地面に寝かせてガル－アの手を握る。

微量でいいといった。もともと微量しかないオレの神聖力でどれだけ持たせることができるかはわからないけれど。

「見て！」

フラウの声に顔を上げると、竜が大きな球体に閉じ込められていた。この街と同じくらいの大きさの球体が宙に浮かび、竜だけでなく風も雨もその中でだけ起きている。

あっという間に晴れ間が戻った世界に、薄暗い球体が浮かんでいる光景は異様としか言いようがない。

「フラウ！　クラウス！」

駆け寄ってきたのはグイードだ。しっかり重装備なのは何かしら感じ取ったためだろう。

「竜が……。ガル－アがあの球体で戦っている」

「ガル－ア？　ではそれは？」

「これは空だ。ガル－アはこの体から抜けて、あそこへ行った」

ときおりまばゆい光が球体の中に見える。オレの朝食を温めていた雷が、今は本領発揮しているのかもしれない。

「球体が少し小さくなってきてない……？」

フラウに言われて見てみると、街と同じほどの大きさのあった球体が徐々に小さくなってきている。

「行くか」

呟きに顔を上げると、グイードが唇の端を持ち上げていた。

「行くかって……」

フラウが真っ青になって、グイードに手を伸ばす。

「神の加護つきで竜退治できる機会など滅多にない。運がよければ、竜討伐の名誉を得る」

身体強化のかかったグイードの体は、屋根をひと蹴りして球体の中へ消えていく。

フラウの手が届く前に、グイードが地面を蹴った。

「嘘……。だって、そんな……」

フラウがガタガタと震えていた。

好きな相手が竜と戦うために飛び込んでいったのだ。気が気ではないだろう。

けれど、グイードはきっとフラウのためにあそこへ飛び込んだ。

多くの人間がフラウが封印石を割るのを見ていた。上手く事が収まっても、この災害をもたらしたものはフラウだと言われるかもしれない。けれど、討伐に同じパーティのメンバーが加わっていれば少しは印象が違うはずだ。

「ぼ……僕も行かなきゃ」

「フラウ?」

きゅっと拳を握ったフラウに、今度はオレが青ざめる。

グイードはあれでも勇者の称号を持つ人間だ。戦力になるかどうかはわからないけれど、死にはしないだろう。けれど、フラウは魔力が優れているとは言っても魔法学校を出てわずか数年の魔法使いでしかない。

「僕のせいでグイードが……」

「おいっ!」

しかもオレが常にフォローしてきたために、後衛としての能力はいささか微妙だ。あの中に入っていってフラウができることなど……。

「待て! フラウ!」

フラウが走りだしたのは宿の方向だ。さすがに装備を整えずに飛び込むような真似はしないらしいが……やはり、ダメだ。フラウでは荷が重すぎる。しかし、オレはガルーアに神聖力を流さなくてはいけなくて、この場を動けない。

ぎり、と唇を噛みしめる。

いや、待て。近くにダッタがいたはず。ダッタなら上手くフラウを止めてくれるはず。

「頼む……」

フラウは、まだ若い。

仲間が死ぬのなんて見たくない。

意識がないままのガルーアの手をぎゅっと握りしめる。

「おいっ。こんなときに神様はここで寝ているのか？」

「ダッタ！　フラウは……」

宿から飛び出してきたのはダッタだ。風雨が止んで様子を見に来たのだろうけれど、ここにダッタがいるということはフラウは止められなかったのかもしれない。

「血相変えて、飛び出していった」

行ってしまったようだ。

動けない自分がもどかしい。見上げた先にある球体は黒い色を纏っていて中の様子がわからない。

「神様は、やられちまったのか？」

「今、この体から出て、あの球体の中で戦ってる」

「あー！　なるほど。そういう設定か！」

違う。設定ではない。そう言いたいが、反論するだけの確信はオレにもない。

「で、クラウスは？」

「神聖力を流し続けないと、この体がもたないからと言われて……」

「神聖力か！」

そう叫んだダッタは懐をごそごそとあさった。

出てきたのは、きらりと光る石をペンダントにしたものだ。娘さんにあげるのだと言って自慢していたもののはず。

「これは女神ラフィアの泉で見つかったっていう石だ。神官に聞いても、神聖力は確かだって言っていた。ちょっと持ってみな」

差し出した手のひらの上に乗せられた石からは、ほわりと温かみを感じる。確かに神聖力が宿っていると言っていいだろう。

「ガルーアに加護を貰ってから、娘の結婚が決まったって連絡があった。もう十年以上も連絡なんてとってねえのに……。ギャンブルでも負けねえし、いいことずくめなんだ。この男が本当に神様かどうかはわからないけどよ、こんな顔色悪くして横たわってんじゃあ何かしないわけにはいかねえだろう」

「このペンダント、高いだろう？」

「そりゃあ、高いさ。だが、使いどきは今だろう。結婚祝いにはもっといいものを探す」

「ダッタ」

「少しくらい、お前も結婚祝い寄越せよ」

にやりと笑うダッタに大きく頷いてみせる。娘さんの結婚祝いには驚くくらいのものを用意してあげなければ。

オレの少ない神聖力ではこういう補助になるものはありがたい。これでもう少し、頑張れる。

見上げると、球体は直径が二十メートルほどになっていた。最初、現れたときの半分にも満たない。

これがガルーアの戦況を伝えるものであってほしいと思う。

竜が弱ってきているから球体が小さくなっているんだと信じたい。

「ああ、あとクラウス。お前、女神の泉の水を汲んでなかったか？　あれも使えるんじゃないか」

女神ラフィアの泉の水。

確かに、神聖力というなら一番手っ取り早い方法だ。

「頼む。部屋にあるから持ってきてくれ」

「任せておけ」

ダッタはすぐに戻ってきた。

手渡された革袋を受け取って口で蓋を開けると、オレはゆっくりガルーアの口元に持っていった。しかし、意識のない体はそれを受けつけようとしない。体に振りかけても効果はあるかもしれないが、できれば内部から……。

「俺が口移しで飲ませてやろうか？」

「くち……誰が？」

「だから俺が」

真面目な顔で言うダッタに、慌てて首を横に振った。

ガルーアの唇に誰かが触れるのは……。

そう、思って。

ああ、オレはそれが嫌なんだなと気づく。

普段のオレなら、ダッタがそんなことを言いだしたら面白がって頼んでいた。なんなら、横で腹を抱えて笑っていただろう。

それなのに、咄嗟に嫌だと思った。

「オレが、する」

宣言すると同時に、泉の水を口に含む。

ガルーアの顎に手をかけて、口を開けるとゆっくり顔を近づけた。

唇が、冷たい。

あれだけ熱かった唇に、今はなんの温度も感じなくて怖いと思った。

口の中の水を移し終えて……二回目。それから三回目。

ガルーアの体に流される泉の水は、奥に落ちていくというよりはその場で吸収されるのか消えていっている気がする。

こうして消えている間は、まだ力を必要としているはず。

「ガルーア」

こんな顔は見ていたくない。

生を感じられない、青白い顔。冷たい唇。

今だけだ。もうすぐ戻ってくるとわかっていても……嫌だ。

そうして、泉の水を口移しするのが何度目かわからなくなったとき……ぴくりとガルーアの瞼(まぶた)が動いた。

「ガルーア？」

ゆっくりと開く瞳に、戻ってきたのかと喜び……けれど、まだ上空に浮いたままの球体を思い出す。

「え？」

球体はそのままだ。

ガルーアの体は……。でも、動きだそうとしていて。

恐る恐る頬に手を伸ばそうとすると、急にぴょんとからくり仕立ての人形のように起き上がった。

驚いて手を放してしまうが、しっかりと自分の足で立つガルーアの体はもう支えを必要としていない。

「初めまして！　クラウスちゃん！」

目を開いたガルーアが、恐ろしく甲高い声を上げてオレはひくりと顔が引きつった。

「ガルーアじゃなくてごめんねえ。でも、このままだとクラウスちゃんの負担も大きいでしょう？　一時的にこの体は私が預かるから、もう力を流さなくても大丈夫よ」

ガルーアは……美形ではあるけれど、はっきりと男だとわかる骨格だ。それなのに、急に女性の言葉遣いになるなんて。

「あ、自己紹介が遅れたわね。私、ラフィアよ」

ぱちんとウインクしたのは、ガルーアの体。

その体を預かると言っている……、ラフィア？

「ま、まま待ってくれ！　ラフィアだって？」

叫んだのは、オレじゃなくて横で見守っていたダッタだ。

「ガルーアの次はラフィア様……。すげーなあ、おい」

確かにすごい。ここまで現実味がないと、逆に本当かもと思ってしまうほど。

「ダッタ、クラウスちゃんに手を貸してくれてありがとう。お礼にそのペンダント、バージョンアップしておくから」

バージョンアップ?

そう聞き返す前に、ダッタから渡されていたペンダントが光った。一瞬、熱を帯びたそれに驚いて手を放すとペンダントはふわりと浮いてダッタの元に飛んでいく。

「うわあああ!」

空中にあるペンダントを、ダッタは虫でも見つけたかのように手で叩き落とした。

気持ちはわかる。

驚きすぎると、人は突拍子もない行動をする。

地面に落ちるかと思ったペンダントは、その直前で輝きを増した。あまりの眩しさに目を細めて……。

「ちょっ……これ、取れねえんだけど!」

ダッタが泣きそうな声で叫ぶ。その首には先ほどのペンダントが輝いている。

まるで、呪いのペンダントのようだ。

「大丈夫よ、ダッタ。それには私の祝福がこれでもかと入ってるわ! ガルーアの加護が切れても、私の加護が残る。そのペンダントがあれば不幸は襲ってこない。あなたとその血族だけに効果があるようにしたから、娘さんに譲っても平気よ」

「どうして俺の名前、知ってるんだ!」

ペンダントを外そうともがきながらダッタが叫ぶ。

「いやあねえ。『俺はダッタといいます。娘にいい縁を。それからギャンブルに負けませんように。ついでに水虫が治りますように』って私にも祈ってたじゃない」

「……っ、水虫のことは誰も知らないはずなのに！」

そうか。ダッタは水虫なのか、とオレはそっと距離を取る。横にいたからってうつるものではないけれど、なんとなくだ。

「でももう大丈夫なはずよ？」

「え？　そんな……痒く、ない……？」

ダッタが自分の足を見下ろして呟く。

「痒くない！　痒くないぞ！　すげーな、ほんとにラフィア様なのか？」

水虫を治すことが女神ラフィアの存在を証明するというのは……ちょっと、どうかと思う。

「いくらクラウスちゃんでも、今、考えていることを口に出しちゃだめよ」

「考えが、読めるのか？」

「それだけ呆れた顔をしてれば、読めなくてもわかるわよ」

ふん、と顔を背けるのは……やっぱりガルーアではない。

ガルーアの体にいる、ラフィア。

ガルーアが本当に神だとしたら、目の前でラフィアを名乗るこの存在もまた……。

そう思い始めたときだった。

空に浮かぶ球体から、ひときわ大きな光が放たれる。

慌てて見上げるが、あいかわらず中で戦闘は続いているのか風雨が渦巻いているのが見えるだけだ。

「あの中はどうなっている？　ガルーアは無事なのか？」

「無事じゃなきゃ、あの球体は維持できてないわ」

どうする？

オレは球体を見上げてごくりと喉を鳴らす。グイードのように特別な称号があるわけじゃない。あの場所に行って、力になれるのか？

けれど、迷っている時間ももったいない。

「……行く」

逡巡（しゅんじゅん）ののち、オレは地面を蹴る。身体強化を使って、屋根の上に登ると思い切り球体に向けて飛び上がった。

「おいっ、クラウス！」

あ、やべ……。ちゃんとした装備なんにも……。

球体に手が届きそうになったとき、そんなことが頭をよぎる。今、あるものは普段持っている剣くらいだ。けれど、もういい。

飛び込んだ先では、雨があらゆる方向から降っていた。下からも来るのだから、降っているという表現が正しいかどうかわからないけれど。

球体の内側は思ったよりなだらかで転びはしないけれど、強い風に体勢を維持するのが難しい。

急に暗くなった視界に、何度か目を瞬いて……それからガルーアを探した。

ガルーアは薄暗い中でぼんやりと光を放っていた。体が透けているせいで、光っていないと見つけられなかったかもしれない。球体の中央付近に浮いている。

そのすぐ真上に、竜。

二十メートルはありそうな体を、球体に沿って窮屈に曲げている。体に細い光の鎖が巻きつき、自由を奪われているように見えた。

「クラウス！　危険だ。すぐに戻れ！」

ガルーアがこちらへ向けて叫ぶから、手を振っておいた。ここにはグイードもフラウもいる。ほうっておけるものではない。

竜が咆哮を上げて光の鎖から抜け出そうとしていた。しかし、鎖は竜の体に食い込み……暴れるたびにバチバチと音を立てている。

ときおり、大きくはじくような音がするのは……剣を持って竜に攻撃をしかける人影が見えるからで……。

「グイード?」

自由を奪われた竜に向けて、球体の壁を蹴りながら何度も攻撃をしかけている。ただ、ダメージを与えられているかどうかはわかりづらい。

ひゅん、と何かが飛ぶ音に目を向けると、炎の刃が竜に向かって飛んでいくところだった。咆哮とともにそれは霧散し、竜の体にも届かない。

飛んできた方向を見ると、フラウが杖を構えていた。きちんと魔法使いのローブを着ている。よかった、ちゃんと装備は身に着けていた。

フラウは炎の刃が無効にされたために今度は氷の刃を作り上げようとしているところだった。

「フラウ!」

叫んでそちらへ走った。

フラウの放った氷の刃が竜の体に当たる。

「当たった」

炎は咆哮で消えた。氷は当たる。当てることができる攻撃の方が有効のように見えるが、違う。フラウがもう一度氷の刃を作り出そうとしているのがわかって、オレはフラウの手を掴んだ。

「だめだ、炎だ!」

「え？　だって今……」

「あの竜の状態を見ろ。効かない攻撃は防いでいない。炎が苦手だから、咆哮を上げて消したんだ」

この竜は雨と風を使う。氷が苦手とは考えにくい。雷の威力がすごくてもダメージが少なそうに見えるのは天候の力に強いためなのかもしれない。

「魔力はあとどれくらい残っている？」

「まだ八割残っている」

オレが来るまでに無駄に攻撃を乱発していたわけではなさそうでほっとする。

「じゃあ、まずグイードの剣に炎の属性を付与。それから、竜の体を拘束している光の鎖に沿って炎を流せ！」

魔法は描く目標が具体的であるほど威力が増す。

フラウはまだ実践経験も少なく、自分の力が竜を貫くようなイメージは掴みにくい。だったら、竜を拘束しているガルーアや攻撃し続けているグイードの力を借りればいい。

「でも。グイードはあんな遠くっ！」

属性を付与するには、剣そのものに触れるのが一番確実だ。しかし、そうもいかないときは戦っているその最中、付与を施すことがある。

「大丈夫だ。フラウは天才だろ」

オレはそっとフラウの肩を摑む。こういった細かな調整はオレの得意とするところだ。

フラウが属性を付与するための呪文を唱えている間、その精度が増すように補助をかける。正直、この補助はその効果について意見がわかれる。心理的な効果によって魔法使いの力が増すだけだという者もいれば、それができる人間は限られていて、その特性を持つ者が行えば効果はあるという者もいる。

ちなみにオレは後者の意見に賛成だ。

オレが補助した場合、確実に精度や威力が増す。そしてオレの魔力が持っていかれる。

実体験として感じているのに、補助ができてないと言われたらオレの魔力は一体、何に使われているというのか。

フラウが呪文を唱え終わり、杖を掲げると、そこから炎の線が伸びた。

それはまるで生き物のように蠢(うごめ)きながらグイードの剣に向かう。

「くっ」

雨が勢いを増した。

消えそうになる炎を維持することに集中すると、炎はグイードの振り上げた剣に絡みつく。

「いった！」

剣が赤みを帯びて輝く。振り下ろされたそれは、確かに竜の体に吸い込まれていく。

「やるじゃないか、フラウ！」

「……っ、当たり前だ！」

フラウがすぐさま次の呪文に入る。魔法使いが呪文に集中する時間は無防備になりがちだ。今度は前に出て、こちらへ向けての攻撃に備える。

オレの魔力はまあまあ。ただし、一点集中すればそこそこだ。常に攻撃に備えることはできなくとも、そのとき一瞬の盾ならば竜の攻撃も防げる……といいなと思っている。できなくても、備えないよりはマシだ。

先ほど付与を与えようとしたとき雨が勢いを増したのは、竜がこちらを気にしたからだ。炎が走る先を怖がって雨を強めた。

続いて放たれる魔法にきっと警戒を増している。

呪文が完成するまで、こちらのことを忘れてくれればありがたいけれど……。そう都合よくはいかない。

大きな首がこちらへぐるりと動く。

「あー……目が合っちゃった」

フラウの集中を妨げないように小声で呟く。さて、後ろで集中しているフラウに気づかないでいてくれればいいけど……そうもいかないよなあ。

竜が、その口を大きく開ける。

ごうと魔力がそこへ集まっていくのを感じた。

これ、ヤバいな。

冷たい汗が背筋を流れる。この攻撃を受け止めることができるのは、そこそこレベルじゃ難しいかもしれない。

「クラウス！」

声が聞こえた。

それは、竜が咆哮を上げるのとほぼ同時で……。オレの前に現れた影が、こちらへ向けて放たれた攻撃をはじいた。

「……すげーな、ガルーア」

「ここは危険だと言っただろう！」

ガルーアが怒鳴ると体からバチバチと光が飛ぶ。当たると地味に痛い。全身が金色に光って、まるで神様みた……神様だった。

ガルーアもこちらへ来たことで竜は体をうねらせる。ガルーアの光が拘束していなかったら突進してきていたかもしれない。

「とにかく、外……へ……？」

ガルーアの声が途切れたのはフラウの呪文が完成したからだ。杖の先にひときわ明るい炎が灯っている。

「いけ！」

「言われなくても！」

フラウが杖を振りかざし、先ほどの付与のときより何倍も大きな炎が渦を巻いて竜に向かっていく。

もがいている竜の、尾の先。

そこにたどり着いた炎が光の鎖に沿って、一気に竜に絡みついた。

炎が全身を包む、そのタイミングでグイードが大きく剣を振りかぶる。

ガルーアも竜に向けて、手をかざした。竜の体を包む炎が勢いを増し……グイードが竜の眉間に剣を突き立てる。

耳をつんざくような、大きな咆哮が響いた。

「フラウっ、もう一度、炎の矢！」

炎の矢は攻撃に特化した魔法で長い詠唱はいらない。フラウが慌てて杖を構えるから、オレはフラウの肩に手を添える。こんな状態では外してしまうかも、と補助を強くする。

どん、と爆音が響いた。

竜の咆哮は……長く尾を引くように響いて、やがて細くなっていく。

「やったか？」

羽がだらんと垂れて、巨体が大きくバランスを崩して落ちていく。まだ息はありそうだが、飛ぶだけの力はないようだ。

「やってはないが……これくらい弱れば……」

ガルーアが右手を掲げると、それに合わせるように球体が小さくなっていった。

小さくなっていく中心は、竜の体。ぶおん、と球体の端がオレの体を通っていって……落ちる！　と身構えたが、そうはならずにオレはそのまま空中に浮いていた。見ると、グイードもフラウも浮いている。ガルーアが纏う光が体の周囲を包んでいるから、ガルーアがオレたちを浮かせているのだろう。

ゆっくり降下しながらオレは周囲を見回した。

真下はちょうど大通りだ。風雨は竜と一緒に球体に閉じ込めたときから収まっているので……人が集まっている。オレたちの降下に合わせて場所を空けてくれているのが……ありがたいような、そうでもないような。

ゴオオォと不気味な音を立てながら、球体はあっという間に竜の体を包むほどの大きさになり……、それからさらに小さくなっていった。竜の体ごと。

「え？」

体積が小さくなるほどに、球体は影を濃くしていった。

中で渦巻く闇が、ただの黒になり……両手で抱えられるほどの大きさに。

とんと地面に足が着くと、ガルーアがすっと手を振り下ろした。

「ええ？」

しゅうぅ、と音を立てて球体は一気に親指ほどの大きさになる。ガルーアがふっと息を吹きかけると、ころんと石が落ちた。

「封印石……？」

「まあ、似たようなものだな。だが、人が作る封印ほどもろくはない。奴はこの中で寿命を迎えるだろう」

終わった。

地面に転がった黒い石を見つめて、ようやく肩の力が抜けていく。それと同時にわっと周囲で歓声が上がった。

「すげえ！　竜をやっつけた！」

子供がひとり、声を上げた。

「すごい、あんな少ない人数で街を救ったよ！」

「この人たちはうちの宿に泊まってる人たちさ！　うちの宿はあっちだよ！」

あ、女将の声が混ざった。そう思うけれど、人が多くて姿は見えない。

まずは封印石を回収しなければ。

竜の寿命は個体にもよるだろうが、長いものでは千年を超えるという。でも触れるのはなんとなく嫌だと思ってるとグイードが拾った。

「……これ、貰うぞ」

さっと服の中にしまってるけど、それは竜の封印石だ。さっきみたいに地面に叩きつけたところで竜は解放できないだろうが、何に使うのか気になるところではある。

「それ、どうするんだ?」

「剣の柄にでも埋め込む。それらしく見えて、依頼料が上がるだろう」

まあ、確かにそういう効果は期待できそうだ。勇者と言われるグイードだし、きっと今日のことは面白おかしく世間に広まっていくだろうから……。

「クラウス! それより、どうしてあんな危険な場所に来た? 私の体はどうしたんだ」

「お前の体は……」

「私が預かってるわ」

真後ろでもガルーアの声が聞こえてびくりと体が震えた。

「……」

うっすらと体の透けている状態のガルーアが、ガルーアの体と向き合う。ガルーアがふたりいる状態に、周囲の人たちも異変を感じたのだろう。少し距離を取った。

「ラフィア」

「そんなに怒った顔、しなくてもいいじゃない」

ガルーアの体のラフィアはにこにこしているが、ガルーアは今にも噛みつきそうな雰囲気だ。

迷いなくラフィアと呼んだということは……やはり彼女？　は、あのラフィアなんだろう。

「返せ」

「いいじゃない。ちょっとくらい。上から見てると、人間がおいしそうに食べているものとか気になっちゃって。最低でも串焼きと、りんごと、苺（いちご）は食べないと」

食べ物か。食べ物のせいで神が降りてくるのか。

ぐっとガルーアの眉間に皺が寄る。それと同時にあれだけ晴れていた空に雲がかかり始めた。

「やあねえ。魂だけになってるから、力が駄々洩れじゃない。雨とかやめてよね」

この雲はガルーアが不機嫌になったせいなのか、と空を見上げるとぽつぽつと雨が降ってきた。集まってきていた人たちも慌てて軒下へ走る。

まあ、オレたちは竜との戦いでさんざん濡れているから今更だけど。

「あ、そうだ。クラウスちゃん大活躍だったわ。神聖力が足りなそうだからって、泉の水を口移しで……。よかったわねえ、兄様」

その瞬間、どこかに雷が落ちた音がした。

「口……移し……？　ラフィアに？」

「違う！　違うから！　あれはまだラフィア様が入る前だから！　実質はお前にしたようなもんだから！」

空に複数の稲光が見えて、慌てて叫ぶ。

「私に……？」

「そうっ！　お前に！」

その瞬間、一気に雲が晴れた。

空を見上げて、あの雲は一体どこから現れて、どこに行ったんだろうと思う。

「私に……クラウスが、口づけを……？」

口づけではない。口移しだ。それにオレがやらなければ、ダッタがやっていた。

「クラウス」

ふわりと風がオレを包み込む。ガルーアが透ける体でオレを抱きしめようとしているが、空ぶっているところをみると距離感は摑みにくいらしい。

「く……っ、どうしてそんな重要なときに私は体から離れていたのだ！」

透けた体が地面に片膝をつく。けれど、そういう状況でなければそういうことは起こらなかったと思うので、本末転倒な話だ。

問題は、ガルーアが嘆き始めてから周囲の風が強くなりだしたことで……。

「魂だけの存在だから、感情が直接周囲に影響してしまうのよね」

ラフィアが解説する前から、そんなことはわかっていた。

つまり、ガルーアが嘆いたり怒ったりするたびに、周囲の天気が変わる。

「迷惑極まりないな。クラウスがキスでもすれば収まるんじゃないか？」

「は？」

誰だ。今、適当なことを言った奴は。

振り返ると、グイードが行けと軽く手を振っていた。行かないけどな！

「クラウスのキス？」

ぐりんとこちらを見るガルーアがウザい。

「いっ、今しても仕方ないだろ。お前、透けてるし！」

「なんだと……！」

ぶわりと風がオレを包み込む。

「もう一度言ってくれ！」

実体ではないから距離感が掴みにくいのか、ものすごい近くで叫ばれて耳が痛い。

「今しても仕方ない」

どうせ触れる感触も何もないだろうと思っての発言だったのに……。

「では、体が戻ればしてもいいんだな！」

何故そうなる？

ふわりと唇に触れた風に、予想以上に心臓が大きく跳ねる。

感触は全然違っていても、目の前にガルーアの顔があることには違いなくて……。

「ああ、もう我慢ならん！　ラフィア！　体を返せ！　クラウスが待っている！」

いや、待ってはいない。

「せっかくキスしていいと言ってくれたのに！」

キスしていいなんて言ってない。

神様は嘘をつけないんじゃなかったのか？

ガルーアの中でそう解釈されているのなら嘘にはならないということか。いや、そう解釈されているなら、それこそ問題だろう。

「体がないと、クラウスに触れられないだろう！」

それより前に、キスしていいとかの話もそうだが、触れられないっていうのもおかしくないか？

「嫌よ！　ケーキもお酒も試してないもの！」

串焼きと、りんごと、苺だけじゃなかったのか。

自由すぎる兄妹に頭が痛くなってくる。

「クラウスが好きに触れていいと言ったのだ！　早く体を返せ！　私はクラウスに触れる！」

好きに触れていい？

再び大きく変わった言葉に、笑いなんて吹っ飛んだ。

「助けてあげたんだから、ちょっとくらいいいじゃない！」

ラフィアがそう吐き捨てて走りだした。ちょっと内股で走っていく、大柄なガルーアの体に笑いそうになるが笑っている場合じゃない。

「待て！」

追いかけるガルーアは風と一緒に空を飛んでいるようだ。あれではすぐに捕まりそうなものだが……ラフィアもガルーアの体もただモノではない。あきらかに人を超えた速度で走っている。

「すぐに返せ！」

ガルーアの叫びとともに、再び空模様が怪しくなってきた。黒い雲がどんどん上空に集まり、ぴかりと稲妻が走る。

「クラウス、お前……あれ、止めに行った方がいいんじゃないか？」

グイードに言われてハッとした。

別にオレが止めなきゃいけない義理はないが……ガルーアを止められるのはオレだけのような気もする。

「……どこに行ったかな？」

「そりゃあ、泉だろ。女神がガルーアに対抗しようと思ったら、自分の領域に行くのがいいに決まっている」

確かに。

そう思ったオレは女神の泉に向けて走りだす。雨が本格的に振りだす前に、なんとか止めればいいと思いながら。

「うわっ！」

驚いた。この間まであんなにキラキラ輝いていた泉がどす黒く濁っている。ただ黒いというだけでなく、心なしかどろっとしているような……？

ひとまず、女神の泉はこんなのじゃない。

それは泉の周囲で泉を覗き込んでいる神官たちも同じ気持ちのようだ。ただ真っ青な顔で立ち尽くす者、一心に祈りをささげる者と反応は様々でも皆女神の泉から動けない。

泉の中央に立っているのはガルーアの体を持ったラフィア。ガルーアはラフィアの見上げる先に浮いている。

「もうっ、ちょっとくらいいいじゃない！　誰が地上に行けるようにしてあげたと思ってるの！」

「あんな手荒な真似で地上に落としておいて……！　私が肉体を得ることができなかった

らどうするつもりだったんだ！」

「だからここに落としたんでしょー！　私の力が強い場所だから、こんな立派な肉体ができたんじゃない！　感謝してほしいくらいだわ」

ラフィアが叫ぶのに合わせるように水面が波立つ。そしてガルーアの叫びに合わせて天候が荒れていく……。

これ、ひょっとして竜のときよりヤバいんじゃ……？

止めないと、と近くへ走る。泉の近くで叫んでも、雨と風の音でガルーアには届かない。

「なんだよ、もう」

普段なら怒られるところだろうが、これほど濁った泉なら大丈夫かと浅い場所へ足を踏み入れたときだった。

「もうっ、これだからこじらせた男は面倒なのよ！」

「なんだと！」

ドォンと爆音が響いて、近くに雷が落ち……。

驚いて、足がずるりと滑った。

「え？」

浅いと思っていたそこは、斜面になっていて……。

瞬間、視界が真っ暗になった。

慌てて鼻をつまんで、息を止める。体の力を抜いて、足を動かせばきっと水面に出られるから大丈夫。

落ち着けと自分に言い聞かせて上を見たオレは、視界が真っ黒に染められていることに呆然とした。

水面は明るいはずなのにまったく見えない。

今、上になっている部分が本当に上なのかわからない。

でもそう信じるしかなくて……必死に手と足を動かすけれど、暗闇はいつまでも暗闇のままだ。そもそも、この泉はこんなに深くなかった。最初に会ったとき、泉に落ちたガルーアは膝までしか浸かっていなかったし。

この場所は現実か？

ぞくりと背筋が寒くなる。オレはとんでもないところに落ちたのかもしれない。

ヤバい、息が……。

前に……上に……どちらへ進んでいるかもわからなくなって、限界だと力が抜けそうになる。

『クラウス！』

そのとき、声が響いた。

それと同時にふわりと丸い球体がオレの体を包み込む。手足を伸ばせば両端に届くくらいの小さな球体だけれど、そこには空気が確かにあって。

「ゴホッ、ゴホッ」

むせるように、息を吸う。

ぺたりと球体の中に座り込んで周囲を見渡すが、そこは暗闇のままで……。この球体の中だけが別の空間になっているみたいだ。

荒い息を整えるために大きく深呼吸する。

この球体はガルーアの結界……？　そうだとは思うけれど確信が持てない以上、いつまた、あの暗闇に放り出されるかわからない。油断はできないと気を引き締める。

『どどどうするんだっ！　クラウスが落ちたぞ！』

身構えたオレに、緊張を粉々にするような焦った声が聞こえた。

『知ーらない。今の泉は喧嘩の影響で悪い方に作用してるから、人なんて飲み込んだら離さないんじゃない？』

『なんだと！　早く元に戻せ！』

『戻せって言われてもぉ』

暗闇の中で、オレの命を繋ぐのは周囲の薄い球体の膜のみ。そんな切羽詰まった状況のはずなのに、がっくりと体の力が抜けるのは頭上だと思われる場所で相変わらずの言い合いをしているはた迷惑な兄妹神のせいだ。

『クラウスは人間なのだぞ！　人間がどれほど弱く、脆いものか知っているだろう！』

服からポタポタ落ちる水が気になって裾を絞ってみると、黒い水がざーっと落ちた。球体の底に溜まった水はどこかへ消えていく。

『でも人間なんて他にもいっぱいいるじゃない』

確かにオレじゃなきゃいけない理由なんてないはずだ。

オレより綺麗な人間も、オレより強い人間も、オレより……いや、別にオレが最下層だと言うつもりはないけれど、他にも選択肢はあったはず。

『他など知るものか！　クラウスはひとりだけだ。いいか。よく聞け。クラウスは笑うと右側にエクボができる』

『……』

何を力説し始めたのかとオレはぎゅっと眉を寄せる。

確かにエクボはできる。だが、それがなんだというのだ。

『あの青の瞳はこの泉の水など足元にも及ばぬ美しさだ』

いや、今……この泉はどす黒いけどな。

『照れたときに視線を外す、あの愛らしさといったら他にはない』

それは照れてるのじゃなくて、ウザいと思ってるからだと……。

『クラウスが産声を上げたとき、私は運命だと感じた。必死に泣いて私を呼んでいる小さな命。あれはいずれ私のものになると……』

待て待て待て。

そんなところから話すと長いだろう?

そう思ったオレをよそに、オレが産まれてからのことを切々と語るガルーアに……若干引いた。

『産声で私を呼んでいた』

いや、ない。

『一生懸命、私のもとへと来ようと歩く練習を……』

違う。

『最初にしゃべりたかった言葉はまんまではなく私の名前だったはずなのだ』

そんなわけねえし。

いや、前から見守っていたとは言われていたけれど、そんな細かく見ていたのかという驚きだ。

この球体が守っていなければ、オレはとっくに死んでいるという長い時間、ガルーアはどれだけオレが愛らしいかを語り続ける。

クラウスが飴(あめ)を食べて笑ったんだ。クラウスは机の角に頭をぶつけて泣いたことがある。

クラウスは……、クラウスは……。

オレでも知らないようなことを並べられて、全身がむず痒い。

あれだけ不機嫌だったガルーアの声がオレの名前を口にするたびに柔らかくなっていくことも居心地が悪い。

『クラウスのすべてが光り輝いているだろう？　お前にはわからないのか？』

他の誰にもわからないだろうと思う。オレにもわからない。

『こんな愛しい人間がクラウス以外にいるものか！』

うん。今、オレ……外にいなくてよかった。

外には神官たちもいたし、その視線がこちらに向けられれば耐えられる自信はない。

『私の愛するクラウスはひとりだけだ！』

きっとドヤ顔をしているんだろうなあ、なんて想像しながら見上げると、少しだけ水の色が薄くなっているように思えた。

「……？」

眺めていると、すうーっと暗い色が引いていく。

『兄様は本当に気持ち悪いくらら……いいえ、心からクラウスちゃんを愛しているのね』

今、気持ち悪いくらいって言ったな？　取り返しのつかないところまで言葉にした。

やがて上から光が差し込んで、球体が少しずつ上昇し始めた。

「いや、待て」

このまま上昇すると、オレは泉の外に出る。

そうなると、懇々と愛を語ったガルーアの前に出るということで……。そしてそれは、その愛の語りを聞いていた人々の前に晒されるということで。

「嘘だろ」

そんな恥ずかしい話があってたまるか。

なんとか球体を割って逃げられないかと叩いてみるが薄いくせに頑丈だ。

「こうなれば……」

腰の剣を振り回すには少し空間が足りない。懐に忍ばせておいた短剣を取り出すと、思い切り振り上げた。

キィン
甲高い音が響いて……折れた剣先が服を掠める。

「嘘だろ」

短剣はいろんなことに使う。肉をさばいたり、蔦(つた)を刈ったり、剣がだめになったときは最後に身を守る武器にもなる。だからわりといいものを使っていたはずなのに……。

新しいものを買うには……と、咄嗟に状況を忘れて頭の中で考えてしまって……。

「あら、愛の告白に感動してるかと思えば……クラウスは兄様より短剣の方が大切みたい」

ころころと笑う声が聞こえて……。

オレは球体に入ったまま、水面に浮かんでいた。

空は先ほどまでのことが嘘のように晴れ渡り、泉もキラキラ輝いている。視界はばっちりで……。なんとも言えない顔をした丸眼鏡のグルと目が合って、お互いに気まずく視線を逸らす。

「クラウス！」

その声に顔を上げると……ガルーアが、ガルーアの体でオレが入った球体に手を伸ばそうとしていた。

いつの間にか体を取り戻していたらしい。ラフィアは……と周囲を見渡すと、先ほどまでガルーアの幽体が浮かんでいた場所に、輝くばかりの美女がいる。

銀色の波打つ髪に、どこまでも澄んだ青い瞳。薄い白の衣を何重にも重ねた服は彼女が動くたびにひらひらと揺れ……。

よかった。オレに注目してる奴なんて、さっき目が合ったグルくらいだった。

多くの人々が女神ラフィアの姿に釘（くぎ）づけになっている。それはそうだ。ここは女神ラフィアの泉がある場所なのだし、周囲にいるのは女神ラフィアに仕える神官がほとんどなのだから。

「クラウス」

ガルーアの手が球体に触れた。

そのとたん、短剣すらはじいた膜は、ぱちんと音を立ててシャボン玉のように割れてしまう。

割れたら……。

「落ち……っ」

また泉に落ちる。

そう思って身構えるが、それより先にふわりと体が浮いた。

「クラウス……。ああ、クラウス。無事でよかった」

「うわっ！」

思わず叫んだのは、オレを抱き上げたガルーアが号泣していたからだ。涙ぐむとかじゃない。ぼろぼろ泣いている。

ハンカチの一枚でも渡してやりたいところだが、オレはハンカチなんて持ち歩かないし、そもそも全身びしょ濡れだ。持っていたところでどうしようもない。

「なんでそんなに泣いてるんだよ」

「クラウスが……、クラウスが」

仕方ないのでガルーアの服の裾を持って顔を拭いてやる。ガルーアの両腕は塞がっているし、オレを抱き上げたまま放す気はないようなので。

「やっと、クラウスに触れられる」

パシャ、と音がしたのは足元だ。ガルーアが水面を蹴って……跳んだ。

抱きかかえられたままの体勢は不安定で、思わずガルーアの首に手を回してしがみつく。

ガルーアの跳躍は大きく、ひと蹴りで泉の神殿の塀を越えて……地面に足が着きそうになると再び大きく跳んだ。

「どこに……？」

「ふたりきりでないと、触れてはだめだろう？」

「触れ……」

『クラウスが好きに触れていいと言ったのだ！』

思い出した。オレは言ってないけれど、ガルーアがそう言ったのを。

ガルーアはそもそもオレに触れるために、体を取り戻したがっていたのだ。

「いや、待って。ちょっと……っ」

言い終わる前に、浮遊感がなくなった。

ガルーアが跳躍をやめた、と気づいて顔を上げるとオレが泊まっている宿の前だ。

オレを抱き上げたまま、すたすたと歩いて中に入るガルーアはいつもと変わらない表情で……先ほどの会話はオレをからかっただけか？

階段を三階まで登って、奥の部屋。

ガルーアが歩くのに合わせて勝手に扉が開いて……中に入ったとたんに、大きく音を立てて扉が閉まる。

「あの……」

寝室まで来て、そうっとオレを床に降ろしたガルーアは真剣な顔でオレを見下ろした。

「怪我はないか？」

「え？」

「泉に落ちただろう。結界が守っていたとはいえ、あれほど濁った水に呑み込まれたのだ。どこか痛んだり、具合の悪いところはないか？」

ガルーアが指をパチンと鳴らすと濡れていた体が一瞬で乾いた。なんだ。パンを温めるよりも便利な魔法を持っているじゃないか。

てっきり、キスしていいとかそういう話を持ち出すのだとばかり思ってたオレは体の力が抜けた。

「な、い。大丈夫」

オレの言葉を聞いてガルーアが大きく息を吐き出す。

「人間は弱いから心配なのだ」

「……オレは、そこまで」

「ほんの一瞬だ。クラウスが生まれて、ここまで大きくなるのにほんの一瞬だったのに、その中でひやりとすることが何度あったか。そのたびにそばにいられないことが辛かった」

小さいころ、川に落ちたとき。剣の練習で怪我を負ったとき。初めての討伐で道に迷ったとき。ひとつひとつあげていくのは、オレが味わってきた危険。

大きなものも、小さなものも……オレが覚えていないようなことまで。

「全部、私が助けたかった。地上に落ちて、本当によかった」

落ちるということが神様にとってどういうものなのかはわからない。けれどそれはあまりいいことではないように思えるのに、目の前のガルーアは本当に幸せそうに笑っている。

「これからは、私がすべてから守る」

たいしたことない人生だと思っていた。

グイードのように華やかなものではない。

剣も魔法も、そこそこ。たいして特化したものなんてないつまらないものだと思っていたのに、オレの今までをこれほど切実に見守ってくれていた。

「……」

言葉が出なくてぎゅっと唇を結ぶ。

「触れて、いいいか?」

だめだとは言いづらい雰囲気にそっと視線を逸らす。

「クラウス、触れたい」

「どっ……どこに？」

「全部。私の触れていないところなどないくらいにクラウスの全部に触れたい」

避ける間などなかった。顎を取られたかと思うと、唇が塞がれる。

「んっ……」

思わず、手がガルーアの胸を押す。これくらいでは離れないだろうと思っていたのに
……。

あっさりと唇が離れて、驚いた。

「だめか？　まだ、足りないか？」

「え……」

「どれほどお前を愛していると言えば、触れていい？」

近づいてきた唇がギリギリで止まって……息が、唇に触れる。

「クラウス、愛している」

もう、凶器のような言葉だと思った。

これだけ言い続けられれば、誰だって……。

けれど、ガルーアを受け入れようと目を閉じても……待っている温もりは一向に触れてこなくて。

「……」

そうっと目を開けると、すぐ近くで目が合った。

「クラウスも言ってくれ」

何を、と聞くまでもない。

「クラウスからも聞きたい」

ぎゅう、と唇を結ぶ。

愛という感情が、ガルーアが持つほどに大きなものであるというのなら、オレはガルーアを愛していると言えるんだろうか？

「オレは……」

けれど、オレを見つめる瞳から目が離せなくて。

「愛ってなんだ！」

気がついたら、ガルーアの肩を摑んでいた。

「愛しているってどういう感じだ？　愛するとどうなる？」

「クラウス？」

「わかんねえよ、愛しているかなんて。オレはお前を愛しているのか？」

その相手にすべてをささげてもいいのだとか、その人のことしか考えられなくなるのだとか。そんなふうにはなっていない。

ガルーアのようにまっすぐに強い気持ちはない。オレはガルーアに返せない。

「クラウス。じゃあ、ひとつだけ答えてくれ」

ガルーアがそっとオレの頰に触れる。

「私がこうしていると、胸に灯るものがあるか？」

胸に、灯る……？

なくは、ない。

ガルーアが触れると、ほわりと温かくなるものが確かに存在する。

「では、それが愛だ」

「ちっちゃい！」

間髪入れずに、オレは叫んでいた。

胸のほわりは、確かにある。

あるが、それは美女を見てときめくときにだって抱くものだ。

「ちっちゃくても愛は愛だ。私とクラウスは愛し合っている」

「大きさが違いすぎねえ？」

「問題ない」

とん、と肩を押された。不意を突かれて、オレの体が寝台の上に転がる。それを押さえつけるように上に跨がったガルーアは……。

「ふ、服を脱ぐなっ」

「脱がないと堪能できないだろう」

冷静に返されても困る。そして堪能されるのも困る。

上半身を晒したガルーアに……。鼓動が大きくなっているなんて言いたくない。まして、胸に灯ったそれが大きくなっている気がすることも。

「クラウス、言ってくれ。愛していると」

裸の体を押しつけられて、逃げ場が……。そこまで考えて、こんなふうになるまで逃げようなんて一切考えていなかった自分に気がついた。

「クラウス」

甘くオレの名を呼ぶガルーアが、首筋にキスを落とす。

ぞくりとしたものが頭の先から、足の先までを駆け抜ける。

「すごい、ちょっとだ」

「ん?」

「ものすごく、ちょっとだけだ。すごく小さい。見失うかもしれない」

オレの胸に灯るものなんて、そんな程度。

けれど、ガルーアがこれを愛だというのなら、言葉にするのも悪くないのかもしれない。

「……あい、してる」

声にすると、それは呪文のように全身に広がっていくようだった。

「クラウスッ！」

噛みつくような、キス。

息をしようとするのに、それさえも許さないほどに深く……。

「んんっ」

ガルーアがオレの胸元に両手を置いた。それからすぐ後に、びりびりと布を裂く音が聞こえてきて暴れる。

服！

服を破きやがった。

「ガルーア！」

オレが叫ぶことができたのは、ガルーアが唇を離したからで……。離れた唇は、導かれるように胸元へ下りていく。

「ふ……あっ！」

胸元に、舌が触れる。

跳ねて逃げそうになった体を掻き抱いて、胸の尖りを強く吸われた。

「……っ」

背中に回る手が、離れることを許さない。まるで少しでも力を緩めたらオレが逃げてしまうとでも思っているかのように、力が込められて……。

その力強さが、これは現実だと訴えてくる。

「本当にオレで、いいのか？」

「お前しかいないと何度も言っている」

ぎらりと光る目に、欲望が混じる。

ぐ、とガルーアが押しつけてきた下半身はとっくにその形を成していて……。

「お前が欲しくて、気が狂いそうなのだ。クラウス」

ガルーアの両手がズボンにかかった。一気に脱がされて、露(あら)わになったそこにガルーアの手が触れる。

「……っあ！」

閉じようとした足の片方を肩に持ち上げて、ガルーアは太ももの内側にキスを落とした。

「ああっ！」

優しくガルーアの手に握り込まれたオレのものが……ゆっくりと上下に擦られて体を捩る。

太ももに触れたガルーアの唇は徐々に足のつけ根へと移動していき……。

「……っ！」

ぬるりとした感触に包み込まれて、オレは思わずガルーアの頭を足で挟み込んだ。いきなりの刺激に、どうしていいかわからなくて……後ろ手にシーツを握りしめる。

「あああっ、や……っ！　だ……だめ……っ」

ガルーアの舌が、オレのものに絡む。

丁寧に……、けれどときには激しく吸われて声が止められない。じゅるりと響く水音を聞いていたくなくて首を横に振るけれど……、ガルーアは止めてくれない。

「だめだって……だから……っ！」

思考する力を、快楽が奪っていくみたいだ。

高められるそれを、必死に理性が追おうとするのに……間に合わなくて。

「あっ、あああっ」

頭の中が真っ白になった。

自分でしたときとは比べものにならないほどの……。

「可愛い、クラウス」

乱れた息を整えようとするオレを抱きしめて、ガルーアが耳元にキスを落とす。

かぷりと耳たぶを甘く噛まれて……達したばかりの体は、そんなささいな刺激にも敏感に反応する。

「困ってしまうな、クラウス」

「な、にが？」

「触れたいところが多すぎて」

するりと後ろに手が伸びた。

その場所を、長い指が撫でていく感触にぴくりと体を震わせる。

「私は幸せだ」

オレの出したものを纏わせた指が、つぷりと浅く入れられた。

「あ……」

耳元にガルーアの熱い息がかかる。それだけで溶けてしまいそうな体は、ゆっくりと進むガルーアの指を受け入れていく。

「んぅっ」

根元まで飲み込んだそれを、ぐるりと動かされて思わずガルーアの体にしがみついた。

それが嬉しかったのか……もう一度……。

「……っ」

ぐっと、声を飲み込んだ。けれど、動く指は止まらなくて……。

「クラウス。もっと聞かせて」

唇の端にキスをされると、もうだめだった。一度漏れた声は止めることができない。自然に浮いてしまう腰を、ガルーアが抱きとめて逃れられなくしてしまう。

「うぁっ！」

指は増える。体が大きく跳ねて、突き出した形になった胸に、ガルーアが貪(むさぼ)りついた。

「クラウス」

名前を呼ばれてうっすらと目を開ける。

喉が痛い。何度か口移しで水を飲まされた気はする。それくらい長い間……。

「やっと」

ずるりとオレの後ろに入っていた指が抜けていく感触があった。もう何本入っていたのかもわからない。

やっと、終わるのか。

そう思って……。けれど、後ろに当てられた固いものに、そんなわけはないと意識がはっきりしていく。

「やっと、クラウスと」

指の比ではない大きさに、ごくりと喉が鳴った。

「クラウス。もう一度、愛していると言ってくれ」

受け入れるその場所を……ガルーアのものがゆっくりと行き来する。

その言葉を言えば、きっと。

オレは両手を伸ばしてガルーアの頭を抱え込んだ。

「……愛している」

囁くような小さな声。

恥ずかしすぎて、ガルーアの顔は見られない。からかうようにオレを見ているかもしれない。頬に熱が集まっている。こんな赤い顔を笑われたら……。

「ありがとう、クラウス」

ぐ、っとガルーアが腰を進めた。

入り込んできたものに、思わず体が固くなって……。けれど、どうにかそれを逃がそうと大きく息を吐く。

「クラウス、こっちを見てくれ」

頬に手を添えられて、ガルーアを見上げた。

そこには幸せそうに笑う、男がいて。

「言葉だけでは、伝えられそうにない」

ぐぐ、とさらに奥へと進む。慣らされている時間が長かったせいか、痛みはない。それよりも気になるのは……はらりと顔の横に落ちた花びら。

「え？」

一枚、落ちたかと思うとまるで降り積もる雪のように花びらがどんどん落ちてくる。

言葉で伝えられそうにないってそういうことか……。状況も忘れて笑ってしまいそうになる。

「笑ってる顔が可愛い」

ちゅ、と頬にキスが落ちる。

「照れた顔も」

目尻に。

「怒った顔も、泣いた顔も」

額に、鼻筋に。花びらと同じように数え切れないくらい降ってくるキスに顔が緩む。

「それから、首筋も可愛い」

首筋が可愛いってなんだ、と思ったらかぷりと甘噛みされた。

「鎖骨も、肩も、耳も」

くすぐったい。キスが落ちてくるのも、告げられる言葉も。

くすぐったくて……もどかしい。

「おい」

ぱっと、オレはキスを繰り返すガルーアの顔を両手で挟み込んだ。

「ん？」

「お前がオレを愛しているのはわかった。オレも愛しているって言ってるんだから……早く、奥までくれ」

キスも花びらも……今はいらない。今、欲しいのはこの男だ。

「クラウス」

呆然とオレの名前を呼ぶガルーアの唇に自分のそれを重ねる。

「ほら、お前も愛しているって言えよ」

「愛……」

最後まで言い切るより先に、ガルーアはオレの唇を塞いだ。それと同時にガルーアのはりつめたものが一気に奥まで貫く。

上げそうになった声は、ガルーアのキスに飲み込まれて……。

少しでも深く感じたくて、オレは両足をガルーアの腰に絡めた。


ゆっくりと目を開けると、外が明るかった。

そうしてオレは冷静に考える。

昨日、ガルーアと宿に戻ったのは何時だろう？　竜との戦いが始まったのが昼前で……それから色々足しても、夕方にもなっていなかった。

「……」

いつの間にか、夜になって……。それから迎えた朝。

当然のように腰が重くて起き上がれない。

隣で横になっているガルーアはオレに腕枕をしたまま、にやにやとしまりのない顔でこちらを見ている。

「ずっと、現実でもこうして触れたかった」

その言葉に一瞬、思考が止まった。

現実、でも？

「ちょ……、待て。お前……っ」

夢だ。

あれは、ただの夢だったはずだ。

「……」

ガルーアが、しまったというように目を泳がせた。

フラウに恋人なら夜くらいと言われて、夫婦でなくとも許されるのかと言っていたガルーアはどこに行った？

「お前、オレの夢に……？」

「ゆ、夢じゃない。ちょっとだけ、寝ているクラウスの魂を別の空間に捉えて……」

「はあああっ!?」

急に起き上がったせいで体のあちこちが悲鳴を上げる。

あれは夢だと……。オレが、ガルーアを意識しているせいで見てしまったのかとか、欲求不満なせいで見てしまったのかとか、さんざん悩んでいたのに！

「てめぇ」

「いやっ、あのっ、ちょっとの引っかかりもないと私も干渉できないけれど……」

昨日、抜け殻になっていたガルーアの体を思い出す。つまり、あれか。オレは寝ている間にああいう状態になってガルーアに連れ去られていたのか。

あげく、あんなことを？

「クラウスが、ほんの少し私のことを想ってくれたから」

「だからって、あそこまでしていいわけじゃねえだろう！」

何度でも言う。

触れるだけのキスで花を降らせていた純情な男はどこへ行った！

「で、でも今はがまんしたぞ！　クラウスが眠ってしまってからも触れたいと……」

胸を張って言うようなことではない。現実で抱き合って、眠った後も夢で抱かれたら休む暇もないじゃないか。

「ガルーア！」

オレの叫び声に、ふわりと白いものが舞った。

花びら。

行為の最中、降っていた花びらは部屋を埋め尽くしていて……まるで現実感のない光景だ。

白い花びらは重さもないらしく、少し動いただけでふわふわと舞い上がる。

「そう怒らないでくれ。夢だと思っているお前が素直な反応を返してくれるのが嬉しくて」

だって、あの場所では心の中が筒抜けで隠すのも無駄なことで……。

かあぁぁっと顔に熱が集まる。

最後の夢のとき、オレは熱い息を吹きかけられて……。

そのあと、目覚めてひとりであんなことを。

完全にガルーアに対してそういう気持ちを抱いてしまったことが伝わっている。

「……」

ちゅ、と頬でキスの音がした。

ガルーアも体を起こして……オレを抱え上げて膝に乗せる。向かい合う距離の近さに、今更ながら落ち着かない。

どうしようかと思っていると、窓の向こうからきゃあきゃあと騒ぐ声が聞こえてきた。

窓の向こう……外からだ。

「何かあったのか？」

そう呟くと、ガルーアがまたオレから目を逸らす。

何か都合の悪いことが、あの向こうで起こっているらしい。

「……っ！」

なんとか窓の外を確認しようと思ったオレは、少し体を捻ったただけで、痛みに悶絶した。

一応これでも冒険者としての経験は長く、体力もあるはずなのに……悔しい。

「クラウス？　痛むのか」

「それより、窓の外を見せろ」

「あー……それは」

「それはじゃねえよ。ほら。抱えて連れていけ」

もう痛いのでガルーアに任せてしまおうとガルーアの首の後ろに手を回す。諦めたような溜息をついたガルーアはオレを抱えて窓に近づいた。

その向こうには……。

「白い……」

街を覆い尽くすほどの、白い花びら。

子供たちが道を走り回って……そのたびに舞い上がる花びらに大きな歓声を上げている。

ふわりと風が吹くと、視界が白に染まるほどの花びら……それを見ている大人たちも、その幻想的な光景に声を上げて……。

「その、あれだ。幸せすぎて力が制御できなかったというか……」

オレから目を逸らしていたのは、このせいか。

この部屋だけでは飽き足らずに、街全体に花びらを降らせたというのか。

呆れて……けれどもう笑うしかなくて。

笑い始めたオレをガルーアが戸惑い気味に見下ろす。

言葉だけでは伝えられない愛の大きさはこの街全体を覆うほどだったのか。

ほわりと胸に灯るものが、大きくなる。

この温もりが愛だというのなら、これはおそらくどんどん大きくなっていくのだろう。

「じゃあ、またな」

そんな軽い言葉でオレはグイードとフラウに手を振った。

ダッタが娘さんの結婚を祝うためにパーティを抜けることになり、それから話し合いを重ねた結果、パーティは一時解散ということになった。

まあ、グイードはあれから誠心誠意謝ったようだ。巻き込まれなくて助かったが、なんとなくグイードとフラウの力関係も変わった気がする。あのグイードを尻に敷きそうだなんて、フラウもなかなかやるものだと思った。

それに、まあオレの方も……その、ガルーアと……。

とにかく、お互いの事情もあってこれから先は別行動だ。

何年も一緒に行動していたのに、別れるこの瞬間にそれほど寂しく感じないのは、きっとどこかでまた会える気がしているからだろう。

まあ、グイードは有名人だし、どうしているかくらいはすぐに調べられるはず。

「ああ。元気で」

短いグイードの言葉は……。それでもグイードにしては頑張って出てきた別れの言葉だと思う。

ちらりとグイードの隣に視線を送ると、フラウがうつむいたままぽつりと何かを呟いた。

「何？　聞こえない」

「わ、悪かったって言ったんだよ！　お前には色々……」

バッと顔を上げたフラウはオレと目が合うと、またもそもそと語尾を濁してしまう。

「フラウ、もう滅多に会えなくなる」

グイードがフラウの肩に手を置いた。グイードがそんなふうにフォローするなんて思っていなかったオレは少し驚く。

「ごめんなさい。それから……本当は感謝している。いつも助けてくれてありがとう」

今度は大きく驚いた。

フラウが、そんなことを言うなんて。

顔を赤くして横を向くフラウは……。うん、可愛い。今まで見せてこなかった顔が見られるのは、やっぱりグイードと上手くいったからだろう。

「グイード、フラウ。幸せにな」

にやりと笑ってそう言うと、当たり前だと怒鳴られた。

「もう行くの？」

その声に振り返ると、数人の男たちが抱える輿に乗った美女がいた。ある意味、ペガサスより目立っている。

銀色の輝く髪に、青い瞳。異国情緒を漂わせる、薄い布を何枚も重ねた服を身に纏ったラフィアは……手に串焼きと苺を持っている。もう魂だけの存在ではなく、きちんと体を造っている。楽しんでいるようで何よりだ。

「いや、ほら。ラフィア様が現れて人もどんどん増えているし」

女神ラフィアが現れた。

そんな噂はあっという間に広まるもので、ラフィアの泉があるこの街には連日、人が押し寄せている。ガルーアのときはそんなに広まらなかったのに。人気の差はこういうところに出る。

ガルーアの神官たちも手伝いに駆り出されているが、常に忙しくて神殿を離れることができないようだ。せっかくガルーアの神殿の扉が自動で開閉するようになったのに、宣伝する暇もないと嘆いていた。

「ちょっと、下ろしなさい」

ラフィアが言うと、輿がゆっくり下ろされていく。そのときになって、その輿を担いでいたのがあのときガルーアに文句をつけてきた神官たちだと気がついた。

もう神官服は着ていない。きっと色々処分があって、ラフィアの輿を担いでいるんだろうが……。男たちの表情を見る限り、まんざらでもなさそうだ。処罰になっているんだろうか?

ラフィアが輿を降りるとき、男のひとりが地面にうずくまって階段がわりになっていた。その顔は恍惚としているようにも見えて……。うん。やっぱり処罰になってないんじゃないだろうか。もう知ったことではないけれど。

「クラウスちゃんに祝福を」

ラフィアがオレに差し出した手からキラキラと光がこぼれて……しかし、それはオレとラフィアの間に立ちふさがった男に防がれた。

「お前の祝福などいらん。クラウスには私がこれでもかと注いでいる」

言い方が悪い。フラウが真っ赤になっているのは、そういうことを想像しているからだ。

「あら。私は愛の女神よ。私の祝福でクラウスちゃんの愛が大きく育つかもしれないのに」

「大丈夫だ。今はちっちゃい愛でも、育っていくのを見る楽しみもある」

「ちっちゃいって言われたの？」

ぴくりとガルーアの顔が引きつる。せっかくの旅立ちに天気が悪くなるからやめてほしい。

「そろそろ行くぞ」

オレは荷物を背負いなおすと、ガルーアに声をかけた。

行き先は特に決めていないけれど、ひとりではない。


「ところでさあ、ガルーアって何歳？」

歩きながらオレは疑問に思っていたことを聞く。

ガルーアが神であるとしたら（まあ色々と奇跡のようなものを見せてもらったので、逆に神じゃないと言われてもその存在に困るけれど）数え切れないくらいの年月を生きているのだろう。

「何歳……？」

どうやら年齢など気にしたこともないガルーアが眉を寄せる。

「ガルーアから見たら、オレは赤ん坊みたいなものだろ。それに、あと何年生きるかわからないけれど、絶対にオレが先に……」

それはガルーアにとっては瞬く間のことかもしれないと思うと、少し寂しい気もする。

だが、人間は老いていく。それが人生というもので……なんてひとりでうんうんと頷いていると、ガシッと手を摑まれた。

「大丈夫だ。私に抱かれている間は老いない」

「は？」

真剣な顔つきに一瞬、意味を捉え損ねる。

「それに、竜を倒した。あれにより、魂の格が上がった」

「はあ？」

た、魂の格ってなんだ？　老いないって？

「そうして大物を倒していけば、いずれ人間から脱却できるだろう。そうなれば、私と一緒に天界へ行けばいい」

人間から脱却？

「はああ？」

竜なんて大物、そんなにいない。それを倒していけばって……。

「ちなみに、どれくらい？」

「……今回のクラスのものを百ほどか。魔王でも倒せば一発だ」

魔王？

「そんなもの、いるのか？」

「……さあ？」

首を傾げるガルーアを呆れて見つめて……。

それから、込み上げてくる笑いを抑えられなくなる。

ガルーアと一緒に旅をして、それからこれからも竜退治なんかをして。

いずれは魔王なんてものも倒して、ガルーアと一緒に天界へ。

まったく現実味がないのに、ガルーアと一緒だとそういう人生もまたあるのかもなんて思ったりする。

笑っていると、ひらりと花びらが舞った。

「クラウスが笑うと幸せだから」

ガルーアの言葉にまた胸にほわりと……。

「ああ。オレは幸せだ」

ガルーアが摑んでいた手を摑み返して引き寄せる。

近づいてきた顔にそっと唇を寄せると、空から降る花びらの数が増えていった。

## あとがき

『戦いの神は勇者の荷物持ちの純潔が欲しい件について』を手に取っていただき、ありがとうございます。稲月しんです。

今回は神様のお話。普通、泉に落ちるなら主人公の方じゃないかと思いつつ……、落っこちたのは神様でした。

神様のくせに、感覚は人間に近いんですよね。ずっと見守ってきたクラウスが近くにいるとわかった瞬間から舞い上がっています。身勝手な行動も多いのですが、神様なので仕方ないかなと思います。

クラウスは幼馴染みが勇者なので、求める基準がどうしても高くなってしまいがち。自分ではうまく世渡りしているつもりでも、諦めることを知ってしまった少し残念な面もあります。ガルーアに求められて、もっと自分の価値に気づいていってくれればいいなど。
ガルーアは神様なのでなんでもできるだろうと楽しく書かせていただきました。
作中、ガルーアが雷でパンを温めますが、イメージとしては電子レンジです笑
きっとほかにも便利な使い道が色々あって、クラウスはうまくガルーアを使っていくんじゃないでしょうか。

イラストは羽純ハナ先生に描いていただきました。
カバーのイラストがカードみたいで素敵です。その一枚だけで色々と物語を想像できて見ているだけで楽しくなります。本当にありがとうございました。
そして編集のG様。完成しましたと言いつつ、まったくページ数が足りていない原稿を提出してしまい申し訳ありません。今回もご助力いただき、ありがとうございました。

二〇十七年に初めて本を出させていただいまして、二〇二十二年はちょうど五年目にあたる年でした。思えばあっという間の五年間です。応援してくださる皆様のおかげで、楽しい五年間でもありました。ありがとうございます。

これから先ももっと楽しく書いていけたらいいなと思っていますので、なんとなくくらいでも見守っていただければ嬉しいです。

『戦いの神は勇者の荷物持ちの純潔が欲しい件について』

神様が出るくせに、いまいち壮大にはなりきれていない物語ですが楽しんでいただければ幸いです。

稲月しん

稲月しん先生、羽純ハナ先生へのお便り、
本作品に関するご意見、ご感想などは
〒101-8405
東京都千代田区神田三崎町2-18-11
二見書房　シャレード文庫
「戦いの神は勇者の荷物持ちの純潔が欲しい件について」係まで。

本作品は書き下ろしです

戦いの神は勇者の荷物持ちの純潔が欲しい件について

2023年 2月25日　初版発行

【著者】稲月しん

【発行所】株式会社二見書房
東京都千代田区神田三崎町2-18-11
電話　03(3515)2311[営業]
　　　03(3515)2314[編集]
振替　00170-4-2639
【印刷】株式会社 堀内印刷所
【製本】株式会社 村上製本所

落丁・乱丁本はお取り替えいたします。
定価は、カバーに表示してあります。


ISBN978-4-576-23008-5

https://charade.futami.co.jp/

今すぐ読みたいラブがある!

## 稲月しんの本

比呂が待てと言うから、待っている。

# ヤクザからの愛の指輪は永久に不滅です…?

イラスト=秋吉しま

柏木の結婚ムーブが盛り上がる中、海外赴任中の比呂の両親が急遽帰国する。危険な男・柏木浩二を両親に紹介する無謀なミッション! 穏便に済ませたい比呂だったが元銀行員の父は柏木の悪名を知っていた。動揺する比呂は大切な指輪をなくしてしまい…。愛は重くなるばかり、執着系ヤクザとの爆走ラブ!

今すぐ読みたいラブがある！

## 稲月しんの本

俺たちが結ばれてなにが悪い

# 獣人王の側近が元サヤ婚を願いまして

イラスト＝柳 ゆと

獣人の国で英雄譚を馳せる将軍ガスタは、王命により元恋人ラインのもとへ。だが久方ぶりの再会に昂ぶったガスタは虎に変じてしまう！ 人語も話せず元にも戻れず、愛だって語れない！ ラインの情けにすり寄り、ガスタは国へ連れ帰ってもらうことになるが…。『獣人王のお手つきが身ごもりまして』スピンオフ！